講談社文庫

仮面山荘殺人事件

新装版

東野圭吾

講談社

目次

仮面山荘殺人事件

新装版

プロローグ

子供の頃からの夢なの、と朋美《ともみ》はいった。その話をした時、彼女の目はいつも以上に輝いて見えた。

「僕の方に不満はないよ。君の好きなようにすればいい」

初めて彼女の話を聞いた時に、樫間《かしま》高之《たかゆき》は不服のないことを告げた。朋美は胸の前で手を組み、ああよかった、と喜びの声を上げた。

結婚式の話だった。

二人が結婚することについて、すでに双方の親の了解は得ている。式についても、二人で相談して決めなさいといわれていた。

来年の秋にでも、というのが朋美の両親側の意見だった。高之としても、そのぐらいを考えていた。一年ぐらいは余裕があった方がいい。だが朋美は異を唱えた。

「だって今までずいぶん待ったんだもの」

春には式を挙げるのだと主張した。

それについて高之に反対する理由はなかったが、

「でも今からだと、式場をとれないんじゃないかな。春といえば、半年しかない。遅くとも一年前には予約しておかなくちゃならないって、友達から聞いたことがある」

現実的な問題を取り上げた。

「立派なホテルでやろうとするからよ」と朋美はいった。

「立派でなくても同じことさ。それに、そこそこの舞台を用意しないと来賓に失礼じゃないか。うちの方はともかく、君のお父さんの社会的立場というものがある」

「社会的立場なんか、大嫌い」

いってから朋美は悪戯《いたずら》っぽく笑い、上目遣いで高之を見ながらきりだしたのだった。じつをいうと希望があるのだけれど、と。

「何だ、それならもっと早くいえばいいのに」

高之は苦笑した。

朋美の希望とは、彼女の父が所有している別荘の近くで式を挙げたいということだった。そこには花に囲まれた、白くて小さな教会があるらしい。

「小さい時に、そこで結婚式を挙げているカップルを見たことがあるの。派手さはないけれど、まるで絵本の中の世界だったわ」

だから自分が結婚する時にも、必ずここでやろうとその時に決めたのだという。

高之が承知したので、朋美は夢を語る少女そのままに、その教会にマッチするウェディング・ドレスはどういうものかという話を始めた。

だがその話もひと区切りすると、彼女は目を伏せ、細い声でいった。

「こういう話ができるなんて、本当に夢みたい。あの教会での式どころか、自分が結婚する日なんてこないと思っていたから」

「何をいいだすんだ」

高之は笑ったが、朋美の目は真剣だった。

「本気よ。あたしは今日まで生き続けることもできなかったかもしれない」

そして彼女は続けた。「高之さんのおかげよ」

「何をいうんだ」

さっきと同じように答えたが、今度は高之も笑わなかった。

朋美の少女時代からの夢は、無事叶《かな》えられそうな方向で話は進んだ。本格的な披露宴は出来ないし、教会も小さいので、大勢の客を呼ぶわけにはいかない。親戚とごく親しい友人知人だけを招待するということになった。だが朋美の父は、東京に帰ったら改めて披露宴だけでもしてほしいという希望を出してきた。朋美は渋ったが、高之が説得して承知させた。

式の準備は、すべて二人だけで行った。特に朋美の精力的な働きぶりに、高之は目を見張った。各方面への手配や、教会側との打ち合わせなど、殆《ほとん》ど一人でこなしたのだ。

こうして瞬《また》く間に時が過ぎ、結婚式まであと一週間と迫った。

何もかもが順調といえた。このままじっとしていさえすれば、二人は幸福という目的地に到着できるはずだった。レールには完全に乗っているのだ。

しかし――。

その日高之はいつも通りに出勤した。彼は小さいながらもビデオ制作の会社を経営している。最初は企業の社内研修用ビデオや教材ビデオを作るのが主な業務だったが、最近になってテレビ関係や音楽関係の仕事も注文されるようになっていた。要するにこの業界としては、成功した部類なのだ。

その電話は、高之がスタッフと打ち合わせしている時にかかってきた。受話器をとったのは、アルバイトの女の子だった。

「樫間さん、お電話です。森崎《もりさき》さん……朋美さんのお母さんから」

「そらきた」とスタッフの一人がいった。「この時期、花嫁の親は落ち着かないんだよ」

高之は受話器を受け取った。「樫間です」

だがすぐには返事が聞こえてこなかった。何かをこらえているような気配がある。相手のようすが尋常でないことを高之は悟った。

「もしもし、何かあったのですか」

高之がさらにいうと、こらえていたものを吐き出すように朋美の母は泣きだした。そしてその泣き声の合間に彼女はいった。

「高之さん、朋美が……朋美が死んだんですって。今警察から連絡があって……車で崖から落ちたって……」

あとは泣くばかりだ。高之は受話器を持ったまま、その場に立ち尽くした。

この日朋美は例の教会に出かけていた。最終的な打ち合わせがあったのだという。

事故はその帰りに起こった。教会から高速道路の入り口に向かう途中の山道で、ハンドル操作を過《あやま》ってガードレールに激突し、そのまま転落したのだ。

高之はスタッフに事情を話すと、事務所を飛び出した。社員たちは誰も声を出せないでいた。

事故の目撃者がいた。その者の話によると、ハンドル操作を過ったというよりも、殆《ほとん》どハンドルをきる意思はなかったように見えたということだった。この証言から地元警察の交通課は、居眠り運転の可能性が大きいと判断した。自殺のセンも考えられたようだが、結婚を一週間後に控えた朋美が自らの命を絶つ理由など、誰にも思いつかなかった。無論高之にも想像がつかなかった。

通夜のあと、高之は朋美の両親に深く頭を下げた。自分が何もかも彼女に任せたばかりにこんなことになってしまったのです。彼女はたぶんとても疲れていてそれで事故を起こしたのでしょう。朋美の父は高之の肩を叩き、そういうふうに考えるのはやめた方がいいと沈んだ声でいった。朋美の母は、ただ泣き続けていた。

葬儀が行われ、黒いリボンをかけた朋美の写真を見たあとも、高之はまだ彼女の死が信じられなかった。夜になれば、また彼女から電話がかかってくるような気がした。このところ毎晩かかってきていたのだ。

朋美の母が置いたのだろう、写真の横には四日後に彼女が着ることになっていた、白いウェディング・ドレスが飾ってあった。

第一幕――舞　台

1

ハンドルを握る手に力が入った。掌に汗がじわりと湧く。スピードを充分に落とし、無事カーブを曲がり終えた。

高之は思わず吐息をついた。

今のカーブが問題の地点だった。さほど急な場所でもないのだが、あんなことがあっただけに慎重にならざるをえない。

朋美の死から三ヵ月が経っていた。梅雨もようやく明け、強い日差しの毎日が続いている。

我々と一緒に別荘に行かないかと、朋美の父森崎伸彦《のぶひこ》から誘われたのは先週のことだった。森崎家では毎年夏になると、別荘で数日間の避暑を楽しむことにしているのだ。高之も今年は、朋美の夫として参加するはずだった。

「今年はやめようかという意見もあったのだが、何だか朋美が待っているような気がしてね。おかしなことをいうと笑われるかもしれんが」

森崎邸の応接間で向きあった時、伸彦は寂しそうな、そして幾分照れたような笑みを見せた。

喜んで参加させていただきます、と高之は答えた。

朋美はいなくなったが、高之と森崎家との繫《つな》がりは切れていなかった。食事に呼ばれることが多かったし、高之もことあるごとに家を訪ねるようにした。朋美の両親、特に母親の厚子《あつこ》は、今もまだ彼を娘の婿候補として見ているようなところがあった。

高之としても、彼等と付き合いを続けることに不満はなかった。それは彼の仕事の面でも有利なことだった。森崎伸彦は製薬会社を経営する企業人だが、芸能や文化に関心が深く、そういった方面の人脈も多い。じつのところ、高之の会社が最近好調なのも、伸彦のバックアップがあるからにほかならなかった。

それだけに、もし朋美があんなことにならずに無事結婚していたなら、高之の将来はさらに華やかで堅固なものになったに違いなかった。

いや――。

高之はフロントガラスの前方に目を向けたまま、小さく頭をふった。そういうことは決して考えまいと、自分に誓ったことを思い出した。

九十九折《つづら》りの坂をどんどん進み、最後に少し長めの坂を下ると目の前に湖が現れた。高之はハンドルを左に切り、湖沿いの道を走った。結婚式をこの地で挙げると決めてから、何度訪れたか知れない。助手席にはいつも朋美が座っていて、新生活の夢を語り続けるのだった。しかし今日は一人だ。

道路の右側に、小枝のように細い道が何本も現れた。高之は見覚えのあるレストランを過ぎたところで、その中の一本に車を入れた。

その道沿いには小さな別荘が立ち並んでいたが、しばらく走ると、大きくて立派な建物が目立つようになった。庭も広い。こんなところにも序列があるということだ。

そしてその道が途切れたところに、一際大きな西洋館が現れた。

鉄柵で囲まれた庭に車を入れると、すでに二台の車が駐車場に収まっていた。

高之が車から荷物を持って降りると、

「やあ」

と頭の上で声がした。見上げると、森崎利明《としあき》が窓から上体を乗り出していた。利明は、本来ならば高之の義兄になっていた人物、つまり朋美の兄だ。

「こんにちは。ほかの方は？」

「親父たちは散歩に出かけた。あとの連中はまだ着いていない」

「でも車が二台ありますね」

伸彦や妻の厚子は運転ができないはずだった。運転手を連れてきたのか。

「あれは下条《しもじょう》の車だよ」

小さい方の車を指して、利明はいった。

「下条？」

「知らないのか、新しい秘書さ。一緒に散歩している」

「へえ……」

新しい秘書というのは初耳だった。

「とにかくそんなところに突っ立ってないで、早く入ってこいよ。酒の相手がいなくて退屈していたんだ」

利明にいわれ、高之はバッグを抱えて入口に向かった。玄関には木製の大きなドアが入っている。そのドアのすぐ上を見て、高之はおやと思った。そこに木彫りの仮面が取り付けられていたからだ。荒削りで、着色もされていない簡単なものだったが、吊り上がった目や横に広がった口は、不思議な迫力を持っていた。おそらく外国へ行った時に、土産《みやげ》として買ってきた魔除けの類だろう。父は時々変なものを買ってくるのだと、朋美がこぼしていたことがある。

仮面に見下ろされながら高之はドアを開いた。その瞬間不吉な予感が胸をかすめたが、それは無論、何の根拠もないものだった。

靴を脱いで上がると、すぐにガラス戸があった。玄関が二重になっているのは、冬季のことを考えてだろう。

入ってすぐ右側がラウンジになっていた。上は吹抜けだ。ラウンジの向こう側もベランダで、その向こうに湖が眺められる。そこに立てば、この別荘が湖畔すれすれに建てられていることがわかるのだった。湖沿いの道から奥に入ってきたからといって、湖から離れていると思うのは錯覚なのだ。

利明がすぐ横の階段から降りてきた。ポロシャツにショートパンツという格好だ。

「まあ一杯やろうじゃないか。東京から一人で運転してきたのなら、疲れただろう」

彼は食堂に入ると、缶ビールを両手に二つずつ持って戻ってきた。そして湖の見えるベランダに出た。そこには木製の白いテーブルと椅子が置いてある。利明が座ったので、向かい合うように高之も腰を下ろした。

利明は伸彦の会社に勤めている。当然幹部候補生だ。まだ三十過ぎだというのに部長の肩書きを貰っているという話だった。

「森崎家の方以外で、今回こちらに見えるのはどなたですか」

高之が聞くと、利明は缶ビールをぐびりと飲んでから答えた。

「まず篠《しの》の親子だ。知っているだろう？」

「存じています。朋美さんに紹介してもらいましたし、その後も何度かお会いしました。篠一正《かずまさ》さんは、朋美さんの叔父さんでしたね」

「おふくろの弟さ。——君もビールを飲めよ」

いただきます、と高之も缶ビールに手を伸ばした。指先が痺《しび》れそうに冷えていた。

「奥さんも娘さんも、かなりの美人ですよね」

「まあな。しかし叔母は欠席だ。実家の方で急用ができたらしい」

「それは残念」

高之がいうと、利明は缶ビールから離した唇を曲げて笑った。

「美的鑑賞なら、娘だけで充分だろう。雪絵《ゆきえ》は奇麗になったよ」

「ええ、本当に奇麗な人です」

篠雪絵の容姿を思いだして、高之は率直な意見を述べた。

「叔母の代わりというわけではないが、篠親子には木戸《きど》という男もくっついて来るはずだ。叔父の主治医だよ。うちの親父も時々世話になっている」

「主治医？」

「叔父は心臓がよくないんだ。まあそれだけでなく、その男の父親というのが、おふくろや叔父の従兄にあたる。俺にとっては、又従兄ってことになるわけだ」

「なるほど。それなら参加してもおかしくないですね」

高之がそういうと、利明はまたにやりとした。

「木戸の方には、どうしても参加したい理由があるんだよ」

「何ですか」

高之は缶から口を離した。

「そのうちにわかるさ」

利明はビールを飲みほして缶を握りつぶすと、二本目の缶を開けた。「そのほかの参加者としては、朋美の親友だった阿川桂子《あがわけいこ》がいる。彼女のことは知っているだろう」

高之は頷《うなず》いた。朋美に紹介されたことがある。高校が一緒だったそうで、一番大切な友人だと朋美はいっていた。いかにも頭の切れそうな顔つきをした娘だ。

「それに我々二人を加えた九人が、今回の参加者だ」と利明はいった。

やがて玄関から声が聞こえ、ガラス戸が開いて森崎夫妻が入ってきた。厚子は高之を見つけると、柔和な顔をさらに緩《ゆる》ませて近づいてきた。

「まあ早速利明の付き合いをさせられているのね。かわいそうに」

「いえ、運転で喉が渇いていましたから」

「それを察して誘ったんだよ。それに今日集まる人間について、予備知識を与える必要もあったしね」

利明はにやりと笑った。

「そんなものは必要ないだろう。高之君がよく知っている者ばかりだよ」

伸彦もやってきた。そして彼の後ろから、短い髪をボーイッシュにまとめた長身の女性がついてきた。宝塚の男役をやれそうなタイプで、高之はしばし見とれた。

「彼女とは初対面だな」

高之の表情に気づいたらしく、伸彦がいった。「下条玲子《れいこ》君だ。私の秘書をやってもらっている」

よろしくお願いします、と彼女は頭を下げた。高之もあわてて応じた。利明から新しい秘書が来ていると聞いた時には、てっきり男だと思っていたのだ。

「高之さんは、一番東側の部屋を使ってください」

厚子が吹抜けの上を指していった。廊下沿いに手すりがあり、その向こうに部屋のドアが並んでいる。

「朋美が使っていた部屋ですわ」

少し沈んだ声で厚子は続けた。高之は黙って頷いた。

「一正さんたちは遅いな。昼過ぎには到着したいとかいってたくせに」

空気が湿っぽくなるのを察したのか、伸彦がラウンジの壁にかかっている時計を見上げていった。時計の針は三時過ぎを示している。

「久しぶりのドライブだから、途中でのんびりしているのよ。私はそろそろ夕食の準備にかかろうかしら」

「お手伝いします」

厚子が厨房《ちゅうぼう》に向かうと、下条玲子も彼女の後を追った。

「では我々はひと勝負するか」

伸彦はラウンジの中央にある小さなテーブルについた。そのテーブルにはチェス盤が描いてあり、引き出しには駒が入っていた。

「いえ、僕は着替えてきますから」

高之は辞退した。チェスは不得手ではないが、伸彦相手だと少し気づまりだ。

「俺が相手になろう」

利明が缶ビールを持って立ち上がった。

「ただし、待ったとインチキはなしだ」

「おまえ相手にそんなことをする必要はない」

「ということは、ほかの相手ならするということか」

「戦略のひとつだ」

親子の会話を聞きながら、高之は自分のバッグを持って階段を上がった。ラウンジを見下ろしながら廊下を進む。一番奥が高之に与えられた部屋だった。

あるいは朋美を思い出させる品物で埋めつくされているのではと思ったが、部屋の中は奇麗に片付けてあった。入ってすぐ左にシャワー室があり、奥の窓ぎわにはベッドと小さな机が置いてあった。高之は拍子抜けすると同時に、ほっとした。朋美の思い出に囲まれていては、到底眠れそうにない。

窓を開けると、さっき走ってきた道を見下ろすことができた。細く曲がりくねっているので、森の中に横たわる巨大な蛇のようだった。

その道を一台の車が走ってくるのが見えた。白のセダンだ。見覚えがあった。

高之は手早くジーンズとTシャツに着替えると、シャワー室で顔を洗ってから部屋を出た。先程から顔がべたついているのが気になっていたのだ。

廊下に出ると、篠雪絵がラウンジで利明や厚子たちと話しているところだった。白いブラウスの肩に、栗色の髪が流れている。

高之が階段を下りていくと、雪絵は足音に気づいて顔を向けた。あら、というように口を開く。

「こんにちは」と高之はいった。

「こんにちは。いつ頃お着きになったんですか」

「少し前です。今着替えをしてきたところです」

そして高之は周りを見回した。「お父さんは御手洗いですか」

「いえ、それがね」

エプロン姿の厚子がしかめっ面をした。

「急な仕事が入って、どうしても来られなくなったんですって。どういう用なのかは知らないけれど、こんな時ぐらいほかの人に代わってもらえばいいと思うのだけれど」

「それができないから急用というんだ。片付き次第来るというんだからいいじゃないか」

　伸彦がなだめるようにいった。

「すると、ここまで一人で来られたのですか」

　高之が訊くと、雪絵は小さく首をふった。

「いえ、木戸さんが運転して下さったんです」

　彼女がいった時、高之の背後でガラス戸の開閉する音がした。振り返ると、夏だというのにきっちりと背広を着こんだ男が立っていた。身体の割りに顔が大きく、色が白い。また鼻が大きく目と口が小さいので、ちょうど浮世絵の役者顔のようだった。年は三十半ばといったところだろう。

　さっき利明から説明されているが、ここで高之は改めて木戸信夫《のぶお》のことを紹介された。父親は病院を経営しているということだった。

「高之さんのことは朋美さんの葬儀でお見かけしました。御挨拶をと思ったのですが、とりこんでおられたようなので」

　木戸の口調は丁寧だったが、その目が相手を値踏みするようにさっと下から上に動いたのを高之は見逃さなかった。

「雪絵さんの部屋は、階段を上がって一番右端よ。わかるわね」

厚子にいわれ、雪絵は頷いた。そしてバッグを持つと、木戸があわてたようすで手を伸ばした。「僕が持つよ」

「大丈夫、軽いもの」

雪絵はそっけなくいうと、軽い足取りで階段を上がっていった。

「信夫さんは左から三番目の部屋を使ってください」

間をもて余した木戸を救うように厚子がいった。

「あ、はい」と返事すると、彼も自分の鞄《かばん》を手にとった。

雪絵たちの姿が見えなくなると、厚子は厨房に戻り、伸彦と利明はチェス盤の前に座り直した。高之も彼等の傍らに椅子を持ってきて、腰を落ち着けた。

「あとは阿川さんだけか」

伸彦が盤上に目を落としたままいった。

「あの子は電車で来るという話だったな。駅からはバスに乗るつもりかな」

「電話をしてくれれば、迎えに行くといったんだがね」

利明がいった時、低いブザーの音がした。何だろうと高之は室内を見渡した。

「玄関のブザーだよ」と伸彦がいった。「噂をすれば、だ。阿川さんが着いたのだろう」

「僕が迎えに出ましょう」

高之は腰を上げた。

ガラス戸を開け、木製扉を開けたが、そこに立っているのは阿川桂子ではなかった。制服警官が二人、胡散臭《うさんくさ》そうな目で別荘をじろじろと眺め回しているところだった。

「何か？」

高之が声をかけると、それでようやく彼等は気づいたようすで、

「こちらの別荘の方ですか」

年嵩《としかさ》の方が彼を見ていった。

「持ち主ではありませんが、泊まっている者です」

「なるほど」

警官は頷いた。「じつは少しお伺いしたいことがあるのですが」

「何でしょう？」

「このあたりで、不審な人物をお見かけになりませんでしたか」

「不審な人物？　男ですか」

「はい、男です」と若い警官が答えた。

「さあ」

高之は二人の警官の顔を交互に眺め、首を捻《ひね》った。「僕は先程来たばかりですからね、心当たりはないのですが」

「ほかにお泊まりになっているのは？」

「僕以外に、現在六人いますけれど」

「その方々も、今日こちらにお着きになったのですか」

「そうです」

高之が答えると、警官は口をすぼめ、顎のあたりをこすった。

「申し訳ありませんが、皆さんに尋ねていただけませんか」

「それは構いませんが……」

だがその必要はなかった。やりとりが聞こえたのか、気がつくと後ろに伸彦と利明が来ていた。

「何かあったのですか」と伸彦が尋ねた。

「いえ、大したことはないのですが……挙動不審な男を、このあたりでお見かけになりませんでしたか」

中年警官は同じ質問を繰り返した。

「挙動不審な男？　私と妻はさっき散歩に出たが、特に気がつかなかったな」

「ほかの者はこの別荘に着いたばかりで、一歩も外に出ていないはずですよ」

利明がいい添えた。警官は失望の色を見せた。

「ではもしそういう人物を見かけたら、すぐに連絡していただけませんか。我々はこの道を戻ったところにある派出所にいますから。皆さんに御迷惑がかかるようなことは、一切ありませんので」

「わかりました。どうも御苦労さまです」

伸彦がいうと、二人の警官は前の道を歩いて去っていった。

ラウンジに戻ると、雪絵も下りてきていた。何ですかと訊《き》かれたので、高之は警官のことを話した。

「何があったのでしょう？」

雪絵は不安そうな顔をした。

「大方痴漢の常習犯か何かだろう」

何でもないことのようにいうと、利明はチェス盤の前に座った。

「気になりますね。夜は戸締りをきちんとしなければ」

いつの間にか着替えをした木戸信夫が、雪絵の横顔をちらちらと見ながらいった。

「このあたりはそういう心配のない場所だったのだが、やはりかなり俗化されてきたということかな」

嘆くような調子でいいながら、伸彦はチェスの駒を動かした。「しかしそういう輩《やから》がうろうろしているとなると、阿川さんが心配だな。駅から電話してくればいいが」

「彼女なら大丈夫だよ」

利明が妙に自信あり気にいった。

その言葉通り、それから三十分ほどして阿川桂子が到着した。駅からバスを使ったのだという。

「遅くなって申し訳ありません」

桂子はペコリと頭を下げた。ジーンズにサマーセーターというラフな格好で、化粧気も殆どない。それだけに少し冷たい感じのする顔つきが和らげられたようで、高之が以前会った時よりはずっと女らしく見えた。

「お待ちしていましたよ。おおい、阿川さんが見えたぞ」

伸彦が声をかけると、厨房から厚子たちも出てきた。雪絵も手伝っていたらしい。

「いらっしゃい、疲れたでしょう」

厚子が微笑みかけた。

「いいえ、それより皆さんお元気そうで」

桂子は視線をさっと流してから、雪絵に目を止めた。「雪絵さん、あなたも今日は特に奇麗みたい」

「えっ……」

突然思いもかけぬことをいわれたからか、雪絵は頬を染めてうつむいた。桂子はそんな彼女を一瞬鋭く見据えてから、

「お食事の準備をしていらしたのでしょう？　お手伝いしますわ」と厚子にいった。

「あら、いいのよそんなこと。ゆっくり休んで頂戴」

厚子は手を振ったが、

「いえ、是非手伝わせてください」

桂子は真面目《まじめ》な顔でいいきった。「朋美はいつも、おばさまのお手伝いをしていたんでしょう？　あたし、今日は朋美の代わりをしようと思ってきたんです」

「桂子さん……」

「いいじゃないか、手伝ってもらえば」伸彦がいった。「阿川さんだって、ここで男共の相手をしていたってつまらないだろうからな」

「そう……じゃあ、エプロンを持ってくるわ」

「いえ、持ってきましたから」

桂子はバッグを開くと、奇麗なイラストの入ったエプロンを出した。

彼女が厨房に消えるのを見届けて、男たちはまたチェス盤に戻った。

「さて、これでようやく役者が揃ったな」

仲彦が膝を叩いた。

2

食事はオードブルから始まり、各自のグラスにワインが注がれた。厚子は料理の腕が良い。だから朋美もお嬢さん育ちの割りに、一応何でもこなす娘だった。高之は何度か味わったことのある朋美の手料理のことを思い出していた。今食べているものが、彼女の味付けと全く同じだったからだろう。

食卓の話題には、阿川桂子が先日発表した小説のことが上っていた。彼女は昨年二十二歳の若さで某小説誌の新人賞を受賞しており、それ以後は就職したばかりの会社を辞めて創作活動を続けているのだ。

「阿川さんの小説を読んでいると、恋愛について、じつによくわきまえておられるように感じられる。あれは一体どういうところから出てくるのですか」

早々に水割りに切り替えた伸彦が、不思議そうな顔をして訊いた。

「それはもちろん殆どが想像です。こんな恋愛もあっていいんじゃないかって、頭の中で作るだけです」

かなり謙遜《けんそん》を含ませた口調で桂子は答えた。

「殆どということは、中には御自分の経験に基づかれたものもあるのですか」

冷やかしたわけではなく、真面目に高之は訊いてみた。

「まるっきり同じとはいえませんけれど、叩き台にしたものはあります。でも殆どないんです、本当に」

「阿川さんの恋愛体験の実話も、読んでみたい気がするがね」

伸彦がいい、何人かが笑った。

「それにしても素晴らしいわ、桂子さんが作家になるなんて。昔は朋美と一緒にバレエを習ってらしたのだけれど、やっぱり大学に進まれて正解だったわね」

「バレエの才能がないことは自分でもわかっていましたから。でもだからといって何かをやりたいわけでもなく、ただぼんやりと大学に行っただけです」

するとに厚子はフォークとナイフを持つ手を止め、テーブルの上に飾った花瓶の底のあたりに目を向けた。

「朋美にしても、バレエの才能があったかどうかはわからないのよね。どこかで辞めさせておけば、いろいろなことが違っていたでしょうに……」

彼女の言葉は場を沈黙させるのに充分な力を持っていた。

「よさないか、こんな時に。湿っぽい話はしないという約束だっただろう。高之君だっているんだ」

伸彦にいわれ、厚子はうつむいたまま寂しげな笑みを見せた。それから目を上げると、

「ごめんなさい、気を悪くしないでね」

と高之に謝った。いいえとんでもない、と彼は答えた。

重くなった空気を入れかえるためか、伸彦は明日モーターボートを出す用意があることを発表した。それで湖を遊覧しようということらしい。

「水上スキーはできないんですか」

先程までしきりに隣の雪絵に話しかけていた木戸信夫が、初めて皆にも聞こえる声を出した。「僕は時々友達のボートを借りてやるんですが」

「その準備はないが、御希望とあれば調達しよう。下条君、何とかなるかい？」

「大丈夫だと思います」

下条玲子があっさりと答えたので、高之は少し驚いた。こんなに急に水上スキーの道具などといわれても、自分には到底用意できないと思ったからだ。だからこそ、伸彦が彼女を新しい秘書として雇ったのだろう。

「お父さんのお手伝いはどうですか。前に伺った時には、いろいろ大変だとかおっしゃってましたが」

高之はテーブルの角を挟んですぐ隣の雪絵に話しかけた。今までは、その向こうにいる木戸が彼女を離さないので、そういうチャンスがなかったのだ。

「仕事にはだいぶ馴れました。あたしのしていることは単なる事務ですから」

雪絵はワイングラスを持ったまま、少しはにかんで答えた。白い肌にほんのりと赤みがさしているのは、白ワインのせいだろう。色素の薄い瞳が、少し潤んで見える。

「でも、経営の方は相変わらず大変みたいですわ。このところ前にも増して競争が激しくなりましたから」

「そういう話をよく聞きます」

雪絵の父篠一正は学習塾を経営していた。対象は小学生と中学生で、かつては遠方からも生徒が来るほど評判がよかったという。ところが最近になって、めっきり生徒数が減ってきた。といっても塾の質が落ちたわけではない。コンピュータやネットワークを呼び物にした塾が台頭してきて、昔のやり方を通している塾は吸引力がなくなってきたのだ。

資金の面では義兄にあたる伸彦が、いつでも援助するといっているそうだが、一正は感謝しつつも丁重に断り続けているという話だった。

大学を出た雪絵が就職せずに塾を手伝おうと決心したのも、少しでも父親の力になれたらという思いかららしい。

「それに子供の数自体が減ってきているのが辛いって、父はいってました」

「らしいですね。出生率が年々下がっているという記事を読みました」

「塾の話ですか」

伸彦たちとレジャーの話をしていたはずの木戸が、身体に合わない大きな顔を、ぬっと雪絵の方に近づけた。

「ええ」と彼女は彼の方を見ずに頷いた。

「塾ねえ」

木戸は大袈裟《おおげさ》なしかめっ面をした。「僕の口からはいいにくいけど、お父さんもそろそろ見限った方がいいと思いますがね。どうしても続けたいなら大々的にやるべきだ。今のようなやり方では、ますます経営が困難になるだけだよ」

「でも、うちのような塾も必要なんだっていうのが、父の口癖なんです」

雪絵は相変わらず木戸の方には顔を向けずにいった。

「受験テクニックよりも人間形成ですか。でもそんなことをいっていては、世間の母親連中は納得しないと思うけどなあ」

反対に彼はますます寄っていく。あまりに近づくので、しゃべった拍子に木戸の唾液が彼女の料理の中に飛び込むのではないかと、高之は話の中身よりもそちらの方が気がかりだった。

「それに」と木戸は水を飲み、やや背筋を伸ばし気味にして続けた。「雪絵さんがきちんとした就職をせずに、お父さんの仕事を手伝うというのも賛成できないな。前にもいったと思うけれど、働く以上は全く未知な世界に入っていくべきだと思うんだよ」

「それは感じることもあるんですけど……」

「だろ？　今からでも遅くないさ。たとえばの話だけど、うちの病院で働いてくれてもいいんだよ」

木戸は大きな鼻の片方の穴をひくひくと動かした。要するにこの男は、これがいいたかったわけなのだ。

「ええ、でももう少しは父を手伝ってあげようと思いますので」

雪絵は微笑むと、椅子を引いて立ち上がった。厚子が料理を取りに厨房に消えたので、それを手伝おうということらしかった。木戸は長い伏線を張った割りにあっさりとかわされたので、拍子抜けしたような顔をしていた。

利明が木戸のことを説明した時、どうしても今回の旅行に参加したい理由があるんだといっていたが、こういうことだったのかと、彼の鷲鼻《わしばな》を横から眺めながら高之は納得した。

たしかに雪絵は素晴らしい女性だ、と高之も感じていた。初めて彼女に会ったのは去年のクリスマスの夜だ。朋美と二人、都内のレストランでパーティをする予定だったが、彼女が従妹を呼んでもいいかと訊いてきたのだ。

「一つ年下なんだけど、子供の頃から双子みたいにして育ったのよ。あの別荘に行った時も、いつも二人で遊んでたわ。その子と昔、約束したの。どちらかに恋人ができたら、クリスマスの夜に紹介するって」

朋美はまた例のあどけなさの残る笑みを見せた。

「構わないけど、急に呼んでも大丈夫なのかい？」

「平気よ。だって、すぐそこで待っているんですもの。呼んでくるわね」

朋美はウインクして席を立った。

そうして現れた雪絵は、その名の通り雪のように白い娘だった。黒っぽい服を着ていたので、余計にそれが際立っていた。背格好は朋美と同じくらいだが、顔や身体の細部の丸みが違っている。ここの家系なのか、彼女もまた朋美と同様に少女のような純粋さを漂わせていた。しかし朋美のような活発さはなく、しっとりした物腰は温順な性格を窺《うかが》わせた。

雪絵自身はバレエも音楽もやらないが、鑑賞するのは好きなようだった。それで高之と朋美がそういう機会を持った時に、何度か彼女を誘ったことがある。「何だか、お邪魔しちゃって悪いみたい」と雪絵がいうと、「今夜ぐらいは二人きりでなくてもいいのよ」と朋美は応じていた。

そういった縁から、高之は雪絵の父一正とも仕事で関わりを持った。塾でオリジナルのビデオ教材を使いたいのだがという相談を受けたのだ。結果的には実現しなかったが、打ち合わせの場に雪絵が同席したこともあった。

――しかしこういう男がいるとは聞いていなかったな。

高之は木戸の横顔を見た。遠縁でも親戚であるからには、昔から付き合いがあったのだろう。二人の年齢差を考えると、木戸が二十代の時に雪絵はようやく小学生か中学生だ。その間この男は恋愛もせずに彼女への恋心を育てていたのだろうか。まさかそんなことはあるまいと思うが、どことなく偏執狂的な感じがするだけにもしかしたらとも思う。その状況を想像して、高之は少し気分が悪くなった。

食事を終えると、まず男たちがラウンジで飲み始め、やがて後片付けを終えた厚子や雪絵たちも加わった。伸彦は相手を下条玲子に代えてチェスの駒を並べ直し、高之は利明に誘われて雪絵や阿川桂子たちとポーカーをすることになった。厚子は皆のために飲み物の世話をしている。木戸はどうするだろうと思って高之が横目で観察していると、案の定雪絵の隣に椅子をもってきて彼女にいろいろと指図を始めた。雪絵は時折不快そうにするが、口に出して文句をいったりしない。それで木戸は嬉しそうに、「雪絵、木戸合同チーム」とかいってはしゃいでいた。

高之が何となく予想したことだが、ポーカーは阿川桂子がやたらに強かった。カードの引きはそれほどでもないのだが、慎重さと大胆さのバランスが抜群なのだ。たちまち彼女の前にチップが山積みになった。

「大した手でなくても、平然と勝負に出ることもある。単に手堅いだけじゃない。なかなかの博才《ばくさい》だよ」

すでにかなりチップをとられている利明が、あきらめたようにいった。

「本当、あたしなんかどうしても顔に出てしまって……やっぱり臆病なのね」

いいながら雪絵はカードを伏せたが、

「雪絵さんが臆病ということはないと思うわ」

桂子が自分のカードを胸の前で握りしめたままいった。「いざとなったら、思いきったことの出来る人よ。あたし、知っているわ」

「……そうかしら」

雪絵は少し照れたような顔で、高之や利明を見た。

「案外そうかもな」と利明も呟《つぶや》いた。「朋美が行動派で、雪絵ちゃんはおとなしいというイメージがあったけれど、朋美の方が気は小さかったのかもしれない。バレエばっかりしていたので、世間知らずだったしな」

「朋美は臆病だったわ。正真正銘」

飲み物のグラスを取りかえに来た厚子が、会話を聞いていたらしく利明の言葉を引き継いだ。「小さい時は暗いところで寝るのを嫌がったし、外出する時なんかしっかりとあたしの手を摑《つか》んで離さなかったもの」

「いわゆるおてんば娘だったから、勝気に見えたりしたんだな。遊園地のジェットコースターが大好きでさ」

そうそう、と厚子は目を細めたが、

「だから車の運転を始めた時には心配したものよ。スピードを出し過ぎるんじゃないかって……そうしたらやっぱり……」

事故のことを思い出したらしく、声を詰まらせた。

「おい」

厚子がまた、死んだ娘の話で雰囲気を沈めてしまうのを恐れたのか、伸彦がたしなめるように声をかけた。

「ええ、わかっています。ごめんなさい」

またしても厚子は辛そうに口を閉ざし、そのまま下がりかけた。だがその足を阿川桂子が止めた。

「朋美、運転には充分気をつけていたと思います」

空気が痺《しび》れるほどに鋭い口調でいった。ポーカーをしていた者はもちろん、伸彦や木戸信夫も彼女に注目した。

沈黙の中、彼女は続けた。

「スピードを出し過ぎるなんてこと、絶対になかったと思います。だって以前あんな事故を起こして、それがどんなに危険なことか痛いほどわかっていたはずですもの」

「だからどうだというんだ」

利明はテーブル上のカードに目を落としている。「いくらいったところで、朋美が事故を起こしたことに変わりはない。それから」と言葉を切って、「その事故が原因で死んだこともね」

「ですから」

阿川桂子は全員に視線を配った後、感情を抑えた声でいった。「あの事故はおかしいと思うのです。納得できないことが、いろいろとあるんです」

彼女の言葉に誰もが固唾《かたず》を飲み、他の人間たちの表情を窺《うかが》ったようだった。高之もそうしていた。はっきりしていることは、彼女が突拍子もないことをいいだしたと考えている者は、この中にはいないということだった。この問題提示は、遅かれ早かれ、誰かによって成されるはずだったのだ。

「いったい君は、どういう可能性を疑っているんだい」

ほかの人間を代表するつもりで、高之は訊いた。朋美の死については、彼自身もいくつかの疑問を持っている。たしかに単なる事故とは考えられない。

「あたし、朋美は誰かに殺されたのだと思っています」

桂子は顔を硬張《こわば》らせ、一気に踏みこむようにいった。彼女の気迫に押される格好で、全員がいっとき沈黙した。

ついにこの言葉が出た、という感じだった。誰もが心に抱いていて、今まで誰も口に出せなかった言葉なのだ。

「殺された……だって？」

最初に応じたのは利明だった。「いったいどういう根拠でそんなことを断言できる？」

「様々な事柄からです」

桂子の声はあくまでも自信に満ちていた。

「動機については、あたしにもはっきりとはわかっていません。だけど、朋美が誰かに殺されたのは間違いないと思います」

「でも」と雪絵が、重苦しくなった空気を何とかしようというように口を開いた。「あの事故については、いろいろと警察も調べたのでしょう？　その結果、やっぱり事故としか考えられないということになったのでしょう？」

「警察が何をどこまで調べたか、怪しいものだわ。彼等の仕事ぶりがいかにいい加減か、あたし、知り合いから聞いて知っているんです」

「いや、しかしそれは考えすぎだよ」

この話題を避けようとしていた伸彦が、こちらを向いて座り直した。ここまで話が進んでは仕方がないと思ったのかもしれない。

「あの事故は私たちにとって、非常にショックだったからね。疑えるだけのことは疑った。車に欠陥があったのではないかとか、危険な走行をしている車がそばにいて、そのあおりをくってハンドル操作を過ったのではないかとかね。しかしいずれの可能性もなかった」

だが桂子は全く納得していないようだ。

「おじさま、あたしは朋美は殺されたといっているんです。車の欠陥とかは関係ないと思いますけど」

「まあ聞きなさい」

伸彦は桂子の興奮を抑えるように掌を出した。「車の欠陥がなかったということは、同時に妙な細工をした形跡もなかったということだ。またよその車に悪さをされたのでないことは、目撃者がいたからはっきりとわかっているのだよ。その目撃者によると、朋美の車はスピードを緩めることなく、ガードレールにぶつかっていったのだそうだ。それを裏づけるように、現場にブレーキ痕はなかった」

「だから居眠り運転だろうって警察の人は……それしか考えられないって」

厚子はエプロンの端を両手で握りしめた。

「あの頃彼女はとても疲れていましたから」

それが自分のせいであることを自覚しながら高之はいった。

「カーブの続く山道を走っている途中で、たとえ疲れていたとしても眠気を催すとは思えませんわ」

桂子は首をふりながらいった。「むしろ緊張するはずです」

「わからないさ、それは」と利明がいった。「緊張が続き過ぎて神経がくたびれるということはある。俺だって、ラッシュの中を走っていて、ふと眠くなったことがあるさ」

「朋美が例の事故を起こして以来、どれほど運転に気を遣っていたか御存じないのですか」

桂子は半ばムキになっているようだった。「事故は嫌だ、もう絶対に車には乗らないとまでいっていたんです。ふつうの人なら、そんな反省もいっときのことでしょうけど、彼女の場合は違います。それは皆さんだってわかるでしょう」

「わかっているわ。あたしが一番」と厚子がいった。「それでも車に乗ったのは、どうしても必要だったからよ。車に乗れなければ、高之さんに迷惑をかけることになるといってました。でも内心はとても怯《おび》えていたはずよ」

後半の方は、皆にではなく高之一人に聞かせるような口調だった。

「朋美の運転が昔と変わったことは私だって知っているよ。何度か隣に乗ったことがあるからね。だが状況は明らかに居眠り運転だと物語っている。これをどう説明できるというんだ」

伸彦は挑むような目を、阿川桂子に向けた。彼女はそれを真っすぐに見返して答えた。

「睡眠薬だと思います」

「何だって」

「睡眠薬です。朋美は誰かに睡眠薬を飲まされたに違いありませんわ」

「どうやって飲ませるのかね」

次々と自論を繰り出す桂子に、伸彦は少し辟易《へきえき》したようすを見せた。

「彼女が服用する薬に混ぜるか、すりかえるかすればいいんです。簡単ですわ」

「仮に飲ませることが可能でも、それはかなり不確かな手段だな」

ここで発言したのは、今まで傍観者を決めこんでいた木戸信夫だった。「睡眠薬の効果は、かなり個人差がある。いつ効き始めるか推定できないでしょう。それに朋美さんが慎重な性格なら、眠くなったところで運転をやめて仮眠をとるなりしたはずだ。劇的に効くような薬なら、今度は車に乗る前に眠ってしまうだろうしね」

こういうことは専門家に任せてくれといわんばかりに木戸は鼻をぴくつかせ、何かいってほしそうな顔で雪絵を見た。が、雪絵はうつむいている。

「今、木戸さんがいった点についてはどうなのかな」

高之は阿川桂子に質問した。だが内心では、彼女のことだから、この程度の指摘で反論に困るはずがないだろうとも思っていた。

桂子は高之の予想通り、これについての対抗意見を持っていた。軽く深呼吸したあと、

「未必の故意ということが考えられます」

といった。やはりそうか、と高之も心の中で頷いた。

「つまり犯人はたとえこの計画が成功しなくてもいいと考えていたんです。薬は朋美が飲んでしまった後だし、犯行が発覚することはありません。また次の機会を狙えばいいことです。狙い通り死んでくれれば儲けもの——犯人の心理はそういうものだっ

たのではないでしょうか」

「なるほどねえ。さすがは作家だけあって、読みが深いな」

木戸が当事者とは少しずれた立場にいるという気易さからか、感心したようにいった。ほかの者は全員、苦いものを口に入れられたような顔をしている。

「そういう考えはあるかもしれませんけど」

雪絵が皆のようすを窺うように、おずおずと切りだした。「そううまくいくものかしら？　朋ちゃんに見つからないように薬を仕掛けるなんてこと、簡単にできそうに思えないのだけれど」

この問いかけに、阿川桂子は口を開こうとしたが、思いとどまったように唇を結んだ。その理由が高之にはわかるような気がした。彼女はおそらくこういいたかったのだ。朋美と親しい人間なら、そういうことも可能ではないか、と。だが口に出さなかったのは正解だった。それにあてはまる人間が、この場には集まっている。

「まあ、このへんにしておこうじゃないか」

阿川桂子が黙ったのを機に、伸彦がいった。「あまり愉快な話題ではないからね。朋美の死は未だに信じられないが、あの子が誰かから殺意を持たれたというのは、もっと信じ難い。あまり考えたくないことだ」

桂子が何かいおうとしたが、彼はそれを制した。「それに忘れてもらっては困るよ。皆さんにくつろいでもらうために、ここへ御招待したのだからね。――さてと、それでは私は風呂に入らせてもらおうか。皆さんは、まだまだ飲むなり遊ぶなりして下さい。ここは都会と違って近所迷惑ということはありませんからな」

「お風呂のお湯を見てきますわ」

伸彦に続いて、厚子もその場を離れた。

強引に話を打ち切られた格好で、阿川桂子はしばらく憮然《ぶぜん》としていた。そのようすが何となく気の毒で、誰も声をかけられずにいた。利明は酒のおかわりを求めてか厨房に向かい、木戸は自室に引き上げた。

やがて桂子はがたんと音をたてて椅子から立ち上がると、傷ついたような表情をして階段を上がっていった。間もなく高之の頭の上で、乱暴にドアを開け閉めする音がした。

高之はベランダに出ようと思って腰を上げた。今の議論を聞いているうちに頭が熱くなったからだ。だがその前に、チェステーブルに向かって下条玲子が何かやっているのを見て足を止めた。彼女はシステムノートに、細かい字で何か書きこんでいた。

「ここまで来て仕事ですか」

高之が訊くと玲子は顔を上げ、悪戯《いたずら》を見つかったような顔をしてノートを閉じた。

「仕事というわけじゃありませんわ。でも社長にいつもいわれているので、つい癖になってしまって」

「癖？」

「会話をメモすることです。社長がいろいろな方とお会いになる時、内容をできるだけ克明に記録するようにいわれているんです。小型テープレコーダーに録音してから書き写していては、余分に時間がかかってしまいますしね」

「するとさっきのやりとりなんかも、全部メモしたわけですか」

高之は驚いて瞬きした。

「だから癖なんです。無意識に手が動いてしまって」

下条玲子は苦笑した。そこへ利明がスコッチを入れたタンブラー片手にやってきた。

「結構な癖だよ。それにしても、先程のやりとりを記録されたというのは、あまりいい気がしないね。森崎家としては、格好のいい話ではなかったからな」

「でもなかなか興味深いやりとりでしたわ。朋美お嬢様が、皆さんに愛されておられたこともよくわかりましたし。でももしお気に触るようでしたら、メモは処分しますけど」

玲子はシステムノートを手に取った。

「そんなことはしなくてもいいさ。何かの記念になるかもしれない。それに今後親父が、あの時のやりとりはどうだったかなんて君に訊くかもしれないからな。それはともかく、さっきの続きだ。俺が君のクイーンを取ったところからだったかな」

チェステーブルの向かいに利明は座った。

「いいえ、私がそちらのナイトを取って、チェックをかけたところからですわ」

下条玲子は彼の冗談を平然と受けとめた。目立たないが少し変わった感じの女性だという印象を、高之は玲子に対して抱いた。

ベランダに出ると、木の香りがした。湖の上を通過してくる風が、ほてった頬に心地よい。今夜は雲が少なく、都会では考えられないほど星々がくっきりとしていた。

手すりに両肘をついて、しばらく空を見上げていると、「コーヒーをいかがですか」と後ろから声をかけられた。振り返ると、雪絵がトレイにマグカップを二つ載せて微笑んでいた。

「ありがとう。いただきます」

「あたしもここでいただいていいかしら」

「ええ、どうぞ」

湖の方を向いて並ぶ格好で、高之と雪絵は椅子に腰かけた。

「本当なら、ここに座っているのは朋ちゃんなんですよね」

雪絵は上目遣いで高之を見た。それで高之がはっとした顔をすると、彼女は口元に手をやり、「ごめんなさい。余計なこといっちゃって」とどぎまぎしたようすを見せた。頰から首筋にかけて、少女のようにきめの細かい肌をしている。それに加えて目が大きいので、フランス人形のような愛らしさがあった。

「気を遣っていただかなくても結構です。もう平気ですから」

高之はなぐさめるようにいった。

「お部屋の方、どうされたのですか」

「何とか片付きました。家具や電化製品なんかは、結局全部森崎さんの屋敷に戻してしまいましたしね。使ってくれていいと御両親はおっしゃるけど、どうもそういう気にはなれなくて」

「そうでしょうね……」

朋美の花嫁道具のことだった。彼女が死ぬ少し前に引っ越しは終わっていて、高之の部屋には新品の家具や電化製品が運びこまれていたのだ。その部屋にしても、結婚が決まってから借りたものだった。朋美の両親は、援助するからこの機会にマンションでも買えばどうかといったが、高之としてはそこまで世話にはなりたくなかった。朋美の荷物を返してしまったので、一人では広すぎる部屋に高之は今住んでいるのだった。

「さっきのことですけど」

雪絵はマグカップの模様を指でなぞりながら、ためらいがちにいった。「桂子さんが突然あんなことをいいだしたので、ちょっと驚きましたわ。あたし今まで、あんなふうに考えたことがなかったものですから」

「あんなふうにというのは、朋美は殺されたのではないかということですか」

ええ、と彼女は答えた。高之は頷いた。

「まあふつうはそうでしょうね。そんなふうに考えたくもないし」

「ふつうはって」

雪絵は彼の言葉をとらえた。「じゃあ高之さんは桂子さんと同じようなことを?」

「彼女のように明確ではなく、ぼんやりと、ですが」

そういって高之はコーヒーを飲んだ。風で身体が冷やされているので、暖かいコーヒーがとても旨かった。「人間というのは他人事の話をする時には冷静だが、自分に密接なことになると、突然理屈で割り切ることをしなくなります。交通事故で死ぬ人は後を絶たないのに、朋美がそんなありきたりの理由で死んだということは認めたくないという気持ちがあるんですよ。たぶん阿川さんもそんなところじゃないのかな」

雪絵は両手で持ったマグカップを見た。

「でも……誰かが朋ちゃんを殺そうとしたなんてこと、とても考えられませんわ。桂子さんは動機についてははっきりとおっしゃらなかったけれど、高之さんは何かお心当たりでもあるのですか」

「いや、僕だって見当もつかない」と高之は答えた。

「もし……これは本当に仮の話ですけど、桂子さんのいうように誰かが朋ちゃんの死を願って何か仕掛けたのだとしたら、高之さんはその誰かを当然お恨みになるんでしょうね」

雪絵は真摯な目を高之に向けてきた。答える前に、彼女がなぜこんなことを訊くのかを高之は考えてみたが、的確と思えるような理由は思いつかなかった。

「もちろん、そうです」と高之はいった。「朋美の死が誰かの作為によるものだとしたら……ですけどね。でもそういうことはないと思います。やっぱりそんな仕掛けはなかったと僕は信じたいです」

「……そうですわね。あたしもそう信じることにします」

雪絵は真剣な顔をしたことを照れたように微笑んだ。「あたし、日記をつけているんです。ここへも持ってきているんですけど、今夜のことをどう書けばいいか困りそう」

「ありのままを書けばいいじゃないですか」

高之がいうと、「そうします」と彼女も頷いた。

「朋美の話はこのくらいにして、あなたのことを話題にしたいな。いい男性は見つかりましたか」

雪絵は先程とは違った種類の笑みを浮かべただけだった。

「あの木戸氏とは、かなり親しくしておられたようですが」

少し気にかかっていたことを口にしてみた。雪絵の表情に、何ともいえぬ憂鬱そうな色が現れた。

「以前父親同士の酒の席で、あの方の相手にあたしをどうかという話があったらしいんですわ。父は冗談のつもりだったといってますが、あちらは結構本気のようで……。それ以来時々木戸さんから、映画や食事に誘われるようになったんです。あたしはいつも都合が悪いからって逃げているんですけど」

「傍から見たかぎりでも、木戸氏は相当あなたに御執心なようすでした」

「悪い人ではないのですけど」

雪絵はテーブルに肘をつき、顔を少し傾けた。「根本的に受けいれられないものがあるというか……どうしても自分の恋愛や結婚の対象としては考えにくいんです」

要するに生理的に受け付けられないタイプなのだ、ということを彼女はいいたいに違いなかった。しかしそんなふうに露骨に口にするのは、はしたないと思ったのだろう。

「それだけ気持ちが決まっているなら、はっきりといってあげた方がいいと思いますがね。彼のあなたを見る目は、自分だけの宝物を見る目です」

「そうしようとは思っているんですけど、いろいろと親切にしてもらっていると、なかなかいえなくて。それにまだプロポーズされたわけでもありませんし」

木戸としてはすでに婚約者気分で、そんな必要はないと思っているのかもしれない。そう考えると高之は歯痒《はがゆ》かったが、口には出さなかった。

高之がコーヒーを飲みほした時、後ろのガラス戸の開く音がした。身体を捩じって振り向くと、噂の主である木戸信夫が怪訝《けげん》そうな顔で立っていた。シャワーを浴びたらしく、パジャマ姿だ。頭の上から湯気がのぼっている。それが嫉妬のあまり頭を熱くしているように高之には見えた。

彼は高之と雪絵を交互に見ると、「何をしていたんですか」と詰問調でいった。

「朋ちゃんの思い出を語っていたんですわ。ねえ」

雪絵にいわれ、高之は頷いた。だが木戸は彼のことなど見ていない。

「僕が席を立つ前に、後で部屋に来てくださいといったのが聞こえなかったのですか。ずっと待っていたんですよ」

先程おとなしく二階に上がったと思っていたら、そういうことだったのか——高之は合点した。そして雪絵が来る前に、大急ぎでシャワーを浴びたというわけだ。

「ごめんなさい。でも今日はもう疲れてしまったものですから」

木戸は口元を曲げると、腰に手をあてて遠くの景色を眺めるような素振りをし、

「ずっとここにいたんですか。なるほど、涼しいし景色もいいですね」

皮肉のこもった口調でいった。

「じゃあここにお掛け下さい。あたしはもう部屋に行きますから」

雪絵は二つのマグカップをトレイに載せると、さっさとベランダを後にした。木戸と高之と、気まずい空気が後に残った。

「さて……と、僕もシャワーを浴びて寝るとするかな」

高之も椅子から尻を上げた。木戸と二人きりで話すことなど、何ひとつない。

「ちょっと待ってください。樫間さん」

だが木戸に呼びとめられた。木戸は高之のそばに来ると、見上げていった。「あなたの境遇には同情しますよ。悲しい気持ちもよくわかります。しかし——」鷲鼻をぴくりと動かして、「雪絵さんに慰め役を負わせるのは、どうかと思いますな」

どうやら彼女にすっぽかされたのを八つ当たりしているらしい。

「そんなつもりはありません」

「そうですか。それならいいですが、妙な期待を抱かない方が身のためですよ」

それはこっちの台詞《せりふ》だといいたいのを我慢して、高之はその場から立ち去った。

3

ベッドにもぐりこんだ後も、高之はなかなか寝つけなかった。朋美が使っていた部屋、朋美が眠っていたベッドという意識が、やはり影響しているのかもしれない。彼女のことを思い出すなという方が無理だ。

少しうつらうつらしたようだが、夜中にまた目が覚めた。興奮が冷めていない。静かすぎるのもよくないかもしれない。

高之は両手を頭の下に入れ、闇の中で目を開いた。今夜は風が強いらしく、窓の外で木々がさわさわいうのが聞こえてくる。

朋美の死について考えてみる。夕食後の阿川桂子の話などだ。

彼女の疑問はもっともだ、と高之は思っている。彼女がいうように、例の事故があって以来、朋美の運転は別人のように変わった。それまでは若い女性らしくスピード狂とさえいえたが、あの事故からは制限時速を十キロ以上オーバーすることはない。これは現在の日本のドライバーの中では希有《けう》なことだ。

あの事故とは、二年前に起こった自動車事故のことだった。あれがあったために朋美の人生は大きく変わり、高之の運命もまた変わったのだ。

あの時のことを、高之は今もはっきりと思いだすことができる。雨の降る甲州街道を西に向かって走っていた。その日は撮影の予定があって、ワンボックスバンの後ろに機材を積んでいた。某食品会社が、求人活動用に発注してきた仕事だった。会社の保養所やレクレーション設備を撮影して、各大学へ行った時に学生に見せようというわけだ。

そのバンに乗っていたのは高之一人だった。ほかのスタッフは、別の車で先に行っていた。

自分がスピードを出し過ぎているとは思わなかった。衝撃に弱い機材もあるし、いつもよりも慎重な運転をしていたほどだ。追越しをかけることもなく、走るのはいつも左車線だった。道はすいていた。

どのくらい走った頃だったか、激しいエンジン音が聞こえ、高之はバックミラーをちらりと見た。後方からすごいスピードで、赤い平たいスポーツカーが右車線を走ってくるところだった。

ちょうどその時、高之の二十メートルほど前にいた車が、右折ウインカーを出して右側車線に移った。そしてその車はウインカーを点滅させ続け、やがてスピードを緩めると道路の途中で停止した。右折する機会を窺っているのだ。後方の赤いスポーツカーは右車線を突っ走りたかったようだが、この障害物にうんざりしたように左車線、つまり高之の車の後ろについた。さらにこの手の車がよくやるように、相手をせかせるように車間距離をつめてきた。

——嫌な車につかれちゃったな。

高之はほんの一瞬、そんなことを考えた。

彼が右折車の横を通り抜けようとした時だ、歩道から何かが転がってきた。小さなサッカーボールだった。だがそう認識するより早く、高之はブレーキを踏んでいた。タイヤが悲鳴を上げ、車体は止まらず前に滑った。積んでいた後ろの機材が崩れた。

さらにそのすぐ後に衝撃があった。ドライブシートの背中から、がくんという突発的な力を受けたのだ。後ろを走っていた赤い車に追突されたのだ、と高之はすぐに理解した。

だが赤い車は真っすぐにぶつかったわけではなかった。どうやらドライバーはハンドルで左によけようとしたらしい。高之の車の左後方に接触したあとも車の勢いは弱まらず、歩道上に設置してあった電話ボックスに激突した。

高之は少しの間息が詰まって動けなかったが、ドアを開けるとそろそろと外に出た。「おい、大丈夫か」と、横に止まった車の運転手が声をかけてきた。高之は大丈夫であることを示すために、軽く手を上げた。

赤い車は電話ボックスを壊したあと、電柱にもぶつかっており、前四分の一ほどがひしゃげていた。フロントガラスも電話ボックスも割れているので、周囲には大小のガラスの破片が飛び散っている。

車は左ハンドルで、乗っているのはドライバーだけだった。ハンドルを両手で握り、その手の間に顔をうずめるようにしていた。長い髪から、女だということがわかった。誰かが知らせてくれたらしく、間もなく救護隊がやって来た。

救護隊はかなり長い時間をかけ、つぶれた車体の中から彼女を引き出した。彼女は意識を失ってはいないようだったが、担架で運ばれる時も身動きひとつしなかった。

自分は大丈夫だといったが、救護隊員にいわれて高之も救急車に乗った。病院で一応の検査を受けた後、各方面への連絡をしていると、事故を起こした女性の両親と思える男女が現れた。父親が森崎製薬の社長だということを、高之は後で交通課の警官から教えられた。

事故について高之は事情聴取を受けたが、彼に非がないことは警察もわかっているようだった。むしろ追突されたということで、被害者の立場である。事実森崎側から派遣されてきた弁護士は、高之が被った損失をすべて無条件で補うという方向で話を進めた。とはいっても、彼の方の被害は大したものではなかった。目立った損失は、あの日結局撮影ができず、顧客からキャンセルされたことぐらいかもしれない。

ある程度話し合いがついた後で、高之は事故を起こした女性の見舞いに出向いた。責任の所在に拘わらず、一度見舞いに行ってはどうかと担当の警官からいわれていたからだ。最近は明らかに自分が悪いにもかかわらず、見舞いに行かない者が殆どなのだと、その年配の警官は嘆いていた。

少し奮発して花束を買い、彼女の病室を訪ねた。気まずい雰囲気になることが予想されるし、高之としても見舞いに来るのはこれっきりにするつもりだった。

深呼吸してドアをノックした。ドアの横に、『森崎朋美』と書いた札がかけてあった。

少し待ったが返事がなかった。眠っているのかもしれないと思い、花束を看護婦に預けていこうかと考えた。それなら顔を合わせずに済むし、義理もたつ。

高之がその場を離れかけた時、コトリと部屋の中で物音がしたような気がした。目を覚ましたのかと思い、もう一度ノックしたが、やはり反応はなかった。

高之はドアのノブを握ると、相手を目覚めさせぬよう気をつけながらドアを引いてみた。何となく気になったし、相手が今どういう状態なのかを確かめたくなったのだ。

ドアを二十センチほど開いたところで、窓際のベッドが見えた。誰かが寝ているらしく、毛布が盛り上がっている。同時に彼は目を剝《む》いた。ベッドの上が血で真っ赤に染まっていたからだ。

中に飛びこむと、ベッドの上の女性は青白い顔でぐったりとしていた。毛布から出た左手の手首が切られ、夥《おびただ》しい量の血が流れ出ていた。ベッドの下に果物ナイフが落ちている。高之は部屋を飛び出すと、看護婦を探して走り回った。

彼のこの行動が功を奏して、朋美は助かった。あと十分発見が遅れたら、危険な状態だったということだ。

手当てされた朋美が眠っている間、高之は病院の外で両親と会った。二人はまず娘の命を救ってくれたことに対して深く感謝した後、先日の事故で迷惑をかけたことを詫びた。自分のことは気にしないでください、と高之はいった。

「それより、なぜお嬢さんは自殺を?」と彼は訊いた。母の厚子が目頭を押さえたので、仲彦が質問に答えた。

彼の話によると、朋美は幼い頃からバレリーナを目指していたということだった。そして最近では、所属するバレエ団でも頭角を現してきたらしい。次の公演では、いよいよソリストの役がつくのではないかと期待していた。

そこへ今回の事故だ。絶望のあまり、死を決意したのだろうと仲彦はいった。

「でも怪我が治れば、また踊れるんでしょう?」

高之の言葉に厚子は嗚咽《おえつ》を漏らし、仲彦は力なく首をふった。

「娘はバレエをするどころか、これからはまともに歩くことさえできないのです」

えっ、と高之は相手の顔を見直した。

「つぶれた車体に挟まれて、左足をやられてしまったのです。今、あの子の左足首から先はありません。バレエのこともそうですが、普通の女性としての人生を望むことすらできないという思いが、衝動的に手首を切らせたのでしょう」

厚子は泣き続けている。高之は返す言葉を思いつかなかった。自分が彼等に謝る立場でなくてよかったと心底思った。

朋美が意識をとり戻した一週間目に、高之は改めて彼女を見舞った。あのまま知らぬ顔というのも気がひけたし、彼としてもその後のことが気になっていた。そして娘がまだ立ち直れないのか、高之が行った時も朋美の目は赤く腫《は》れていた。そしてまた妙な考えを起こすのを恐れているらしく、厚子がいつもそばにいた。

朋美は二十一歳という年齢よりは、ずっと若く見えた。顔が小さく、バレエをしているせいだろう、細い身体つきをしていた。

会話の弾む道理がなかったが、高之は自分の仕事の話などをして空気が重くなるのを防ごうとした。もちろんバレエや交通事故や、身体障害などの話題は徹底的に避けた。朋美はさすがに口数が少なく、硬い表情で彼の話を聞いていた。それでも時折冗談を交えると、雨雲の間からかすかに青空が覗《のぞ》くように目元に微笑みを浮かべた。その目は怖いくらいに澄んでいて、高之は心が引きこまれそうになった。

病院を後にした時、もう二度と彼女に会うことはないだろうと高之は思った。その必要はないはずだからだ。ところがそれから二日後に、厚子から電話があった。来てもらえないかというのだ。何かあったのですかと訊くと、彼女はいいにくそうにしながら、

「あの子が樫間さんのことを気にしているようなんです。ちょっとだけでも顔を見せてやっていただけませんか」といった。

気にしているということは、好意を持っているということだろう。高之は心を弾ませた。彼にしても、もう一度朋美に会いたかったのだ。

花束を持って病室を訪れると、先日よりも輝いた顔で彼女は迎えてくれた。そして先日よりも彼女は少し口数が増えた。また来ます、といって高之が帰る時、「今度はいつ？」と彼女は訊いてきた。明日にでも、と彼は答えた。

結局それから彼女が退院するまで、高之は二日か三日に一度は必ず見舞った。だが一度だけ、病室に入れてもらえなかったことがある。義足が出来上がって、それの調整をしている時だった。厚子が病室から出てきて、

「樫間さんには見せたくないというものですから」

と申し訳なさそうにいった。

退院してしばらくすると、朋美は杖を必要としながらも、殆ど支障なく歩けるようになった。精巧な義足とリハビリのおかげだが、バレエで鍛えた足腰の強靭《きょうじん》さがあったからこそだった。

リハビリテーションセンターには毎日通わねばならなかったが、土曜と日曜の送迎を高之が引き受けた。彼女がマン・ツー・マンで指導を受けている間、高之はじっと見守りながら待っていた。土曜と日曜は森崎さんの気合の入り方が違いますね、と女性担当医がいうと、朋美は少し赤くなった。

彼女が懸命に訓練している姿を、高之は美しいと思った。男女に拘らず、こういう表情をする人物に接したことがなかった。大抵の人間は、苦痛に耐えてまで何かを成し遂げようとはしない。辛い局面に立たされると、まず責任転嫁し、それからヤケになるか無気力になるだけだ。そして悲劇の主人公を気取るのだ。

朋美の力になってやりたい――彼女が唇を噛んで挑んでいるのを見るたび、高之は思うのだった。

「樫間さんて、誰にでもこんなに親切なの？」

センターからの帰り、車の中で朋美が訊いた。ためらいがちの口調から、彼女としては思いきった質問なのだと察せられた。

「人には親切にしたいと思っています。でも僕がこうしているのは、それだけじゃない」

「それだけじゃないって？」

高之は車を道路脇に止め、前を向いたままいった。

「それが楽しいからです。あなたと一緒にいたい、ということです」

彼女は少なからず驚いたようだ。こういう告白を期待はしていても、実際に聞けるとは思っていなかったのだろう。高之としても、柄にもなく勇気を奮いたたせたわけで、全身が熱くなっていた。

「あたしはこんな足なのに……かまわないの？」

朋美は尋ねた。高之は彼女の顔を見つめた後、口を開こうとして吹きだした。

「どうしたの？」

彼女は怪訝そうにした。

「今、こういおうとしたんです。僕こそこんな形の鼻だけどかまいませんかって。でもあまりに気障《きざ》なので、真面目な顔をしていえなかった」

朋美は涙ぐみ、高之の腕に顔をうずめた。

それからも二人の交際は続き、半年後に高之が結婚を申し込んだ。朋美の両親からも許しを得た。伸彦は彼の手を取り、「ありがとう」といった。

朋美がまだ若過ぎるということで、とりあえず婚約だけを先に済ませた。朋美が二十二になったら式の準備をするというのが、何となく約束事のように決まった。朋美は不満そうだったが、年齢よりも幼く見えるだけに、両親が慎重になる気持ちも高之には理解できた。

その後は楽しいだけの毎日が続いた。週に一度か二度は必ず会い、高之は彼女の花嫁修業ぶりを聞いた。そして昨年の秋には彼女は二十二になり、式の準備が始まった。

朋美にとってバラ色の日々のはずだった。子供の頃に夢見た、湖のそばの教会で結婚式を挙げるという望みも叶《かな》う予定だったのだ。

バレエを捨てる原因になったにも拘らず、朋美が運転を続けていたのは無理ないといえる。左足が不自由な彼女が機動力を発揮しようと思えば、車に頼らざるをえないのだ。

その代わりに運転の慎重さは驚くほどだった。たとえどんなにあわてていても、ハンドル操作をミスしたり、スピードを出しすぎたりはしないはずだった。

――睡眠薬……か。

阿川桂子の推理が頭をよぎる。その考えはたしかにある。

——だが誰かが朋美を殺そうとしたなんて、そんなことがありうるんだろうか。

さっき下条玲子がいった通りなのだ。朋美は皆に愛された。

いつだったか高之が仏壇の前で朋美の写真に手を合わせている時、横に来た厚子がいったことがある。もっと早く結婚式を挙げさせてやれば、こんなことにならずに済んだかもしれない、と。

その時高之は黙って頷いた。

4

朋美のことを考えていると、ますます眠れなくなった。高之は何度も寝返りをうち、枕の位置を変えた。それでも眠れそうになく、バッグの中に入れてきたウイスキーでも舐《な》めるかと起き上がりかけた時、ドアをノックする音が聞こえた。

高之はスタンドのスイッチを入れた。時計を見ると、午前四時を少しまわったところだ。

ドアの内側に立つと、「はい」と返事した。

「あたしです。雪絵です」と細い声が聞こえた。

高之はドアを開いた。ネグリジェの上にカーディガンを羽織った雪絵が、硬い表情で立っていた。青白く見えるのも、光線の具合だけではなさそうだ。

「どうしたんですか」

「ええ……あたし、喉が乾いたものですから、台所に行ってジュースでも飲もうと思って降りていったんです。そうすると……」

彼女は寒気でもするのか、カーディガンの前を合わせた。

「何かあったんですか」

「それが……誰かいるんです」

思いきったように雪絵はいった。心臓が大きく跳ねたのを高之は感じた。

「誰かって？」

雪絵はかぶりを振った。

「わかりません。でも話し声がするんです」

背中がぞくりとした。

「厚子夫人たちじゃないんですか」

「違います。だって男性の声ですもの。それも、全然聞いたことのない声なんです」

「男……」

泥棒だろうか、と高之は思った。別荘を専門に狙う泥棒がいるというのを聞いたことがある。高級調度品や絵画を盗むのだそうだ。

「わかりました。調べてみましょう」

部屋を出ると雪絵の横を抜けて階段に向かった。彼女も後についてきた。

足音を殺して階段を下りたが、物音は聞こえなかった。厨房に近づく。話し声らしきものも漏れてこない。高之は雪絵の顔を見た。そんなはずはないというように彼女は首を傾げた。

ドアに耳を寄せたが、誰かがいる気配はない。高之はノブに手をかけ、音をたてないよう気をつけながら引いた。厨房の中は明々と蛍光灯がついていたが、人の姿はなかった。

「誰もいませんね」と高之はいった。

「おかしいわ。さっきはたしかに……」

厨房の奥は裏口になっている。高之はそのドアを調べた。鍵はかかっていた。

変といえば変だった。なぜここだけ灯りがついていたのか。最後にここを出たのは厚子だろうから、彼女が消し忘れたのだろうか。

「気味が悪いわ」

雪絵は寒そうに腕をこすった。

「でも泥棒が入ったなら、その形跡があるはずです」

高之は雪絵の手をとると、壁のスイッチを押した。蛍光灯がいっせいに消え、周りが完全な闇になった。

その瞬間、左腕を摑まれた。

驚きのあまり高之は声を出しそうになったが、「騒ぐな」という男の声を聞いて飲みこんだ。雪絵も小さな悲鳴を上げた。

「騒ぐな、静かにしろ」

男がもう一度いった。高之は硬直した。

第二幕――侵入者

1

突然顔に強い光が浴びせかけられた。眩《まぶ》しさに顔をしかめる。細めた目で相手を見ると、痩せて小柄な男と目が合った。彫りの深い顔だちをしている。男は片手に懐中電灯、もう片手にピストルを持っていた。

「何者だ、何しに来た？」と高之は訊いた。

だが相手はこの質問に答えず、

「この別荘に泊まっている人間の数は何人だ？」

逆に尋ねてきた。高之が黙っていると、雪絵が横で呻《うめ》いた。見ると、もう一人の男が彼女の腕を摑んでいた。こちらはかなり大男だ。

「乱暴はするな」と高之はいった。「泊まっているのは、我々を入れて八人だ」

「大人の男は何人いる？」

「四人だ」

小柄な男は少し考えた後、「よし」と呟いた。

「そのまま歩け」

高之と雪絵は二人の男に指図され、ラウンジのソファに並んで腰を下ろした。小男がスタンドの灯りをつけ、大男と共に高之たちの前に立った。そして二人とも銃を構えた。大男が持っているのはライフルのようだった。高之は銃には詳しくないが、ピストルもライフルも偽物には見えなかった。

「タグ、女を見張ってろ」

小柄な男は大男に指示すると、高之に立てというように指を動かした。男に背中を突かれながら、高之は階段を上がった。並んでいる部屋から物音は聞こえてこない。別荘の夜を、安らかに過ごしているのだと高之は思った。

「人が泊まっているのはどの部屋だ？」と男は訊いた。

「全部の部屋を使っている」

「よし、全員を外に出させろ。右から順番にだ」

「一番右端は彼女の部屋だ」と高之は階下の雪絵を指した。

「じゃあ二番目の部屋からだ」と小柄な男はいった。

右から二番目は阿川桂子の部屋だった。ドアを三回ノックしたところで返事があった。

「どなた？」

「樫間です、ちょっと話があって……」

鍵の外される音がして、ドアの隙間《すきま》から桂子が顔を覗かせた。彼女は知らない男がいるのを見て一瞬きょとんとし、それから目を見開いた。拳銃に気づいたのかもしれない。

「外に出ろ」と男はいった。

どういうこと、と尋ねるように桂子は高之を見た。高之は黙って首をふった。

「早く出ろ。おとなしくしていれば危害は加えない」

「着替えさせて」

桂子はいった。彼女はトレーナーにスウェットという格好だった。

「そのままでいい。着飾る必要はない」

男は銃口を向けた。それで彼女は諦《あきら》めて部屋から出た。

同じ要領で下条玲子を起こした。玲子は事情をすぐに察知すると、「怪我人は？」と高之に訊いた。今のところはない、と彼は答えた。

桂子や玲子は下に行くようにいわれた。下ではタグと呼ばれた大男がライフルを持って待ち構えていて、彼女たちを雪絵の横に並ばせた。

次のドアから顔を出したのは厚子だった。彼女は男を見ると、

「あなたは誰よ、何をするの」と悲鳴まじりに叫んだ。

「喚《わめ》くな、静かにしろ」

「強盗なの？　お金なら出すから、乱暴はしないで」

「その口を閉じるんだ」

男はピストルを彼女の鼻先に突きつけた。

「静かにすれば助けてやる。乱暴する気もない。おとなしく部屋から出るんだ」

厚子はスイッチを切ったように口をつぐんだ。だがドアを半分閉じたまま、外に出ようとしない。彼女の行動に、高之と同じように男も不審に感じたようだ。顔色を変えると、ドアを内側に蹴りこんだ。

仲彦が受話器を取り上げたところだった。彼の指は番号ボタンに触れかけていたが、小男に飛びこまれて停止した。

「受話器を置け」と男はいった。「亭主が一緒だとは知らなかった。あぶないところだったぜ」

伸彦は男を見ながら、ゆっくりと受話器を置いた。「君は誰だ」

「誰でもいい。出るんだ」

震える厚子の肩を抱きながら伸彦が出てきた。だが彼等が階段に向かいかけた時、

「ちょっと待て」と男がいった。

「選手交代だ。御婦人に残ってもらおう」

そして彼は高之の背中を押した。「あんたは下に行け」

厚子が怯《おび》えたように伸彦のガウンにしがみついた。男は苛立ちを見せた。「早くしろ」

がたがた震えながら厚子は男のそばに寄った。男が彼女の腕を摑むと、小さな悲鳴を上げた。

心配そうに妻を振り返る伸彦と共に、高之は階段を下りた。ラウンジでは大男が、人質にライフルを向けて高之たちを待ち受けていた。

「並べ」

大男がいった。獣が唸《うな》ったような声だ。高之と伸彦は、すでにソファに座っている

三人の女性の横に行き、床に腰を下ろした。

「どうなっているんだ」

仲彦が高之の耳元で尋ねた。高之は雪絵が呼びに来てからのことを簡単に説明した。

やがて利明と木戸信夫が、小柄な男に威嚇されながら階段を下りてきた。利明はまだ事態がのみこめないという顔だが、木戸の方は惨めなほど怯えていた。二人も高之たちの横に座らされ、最後に厚子が小男の手から逃れて仲彦のところに来た。

「君たちは何者だ」と仲彦が再度訊いた。「なぜこんなことをする。私たちに恨みでもあるのか」

だが小柄な男は彼の質問を無視して屋敷内を歩き回ると、

「カーテンは閉まっているようだな。まあ夜中だから当然か。ここは端っこだから、外から覗かれる心配はないと思うが」

と低い声で独り言のようにいった。

あちこち見回してから、男は戻ってきた。そして仲彦の顔に銃を向けた。

「あんたがこの別荘のオーナーらしいな。森崎仲彦。薬屋の社長さんだ」

「私への恨みなら、ほかの人たちは巻きこまないでもらいたい」

さすがにいざとなると肝が据わっているのか、伸彦は狼狽《ろうばい》や怯えを感じさせない口調でいった。人のトップに立つ人間であるかぎり、誰かから恨まれる可能性があることも、ふだんから覚悟しているのかもしれない。

だが小男は鼻で笑った。

「あんたたちに恨みなんかはない。俺たちが必要なのは、この別荘だ。今夜ここへ来ることは、二週間も前から決めてあった。だから持ち主であるあんたのことも調べたんだ。その上で予定通りやって来たというわけさ。ところがたまたまあんたたちと鉢合わせすることになった。あんたたちも不運だが、こっちだって不運なんだ」

「なぜこの別荘が必要なんだ」

「潜むのに都合がいいからだよ」

「何をやったんだ」

高之の横から利明がいった。「何かやって、逃げてきたんだろう」

「それをあんたらにいう必要はないよ」

「もし逃げている途中なら」と高之はいった。「ここだって安全なわけじゃない。昼間警察官が来たんだ。不審な男を見かけなかったかってね。たぶんあんたたち二人のことをいってたんじゃないのかな」

するとてきめんに小男の表情が変わった。「警察が来たのか？」

高之は頷いた。そしてあの時もう少し事情を聞いておくべきだったと後悔した。銃を持った犯人が逃げこんだと聞いていたなら、もっと戸締りに気をつけたはずなのだ。

「ジン……」

大男が不安そうな顔を相棒に向けた。

「ビビることはない。一度来たってことは、もう二度と来ないかもしれないんだ。却《かえ》って安全だよ」

ジンと呼ばれた男の説明に、大男は頬をかすかに緩めた。

「君たちがここに来たことは誰にもいわない。だから出ていってもらえないだろうか。さっき家内もいったが、金が欲しいなら出来るだけのことはしよう」

伸彦が熱のこもった口調でいったが、小男のジンは薄笑いを浮かべた。

「そんな台詞《せりふ》を信じられると思うのかい。それに金なんて欲しくない。俺たちがやらなきゃならないのは、この別荘に居続けるってことなんだ。仲間が来るまでな」

「仲間が来るのか」と高之は訊いた。

「ここで合流することになっている。そういう計画なんだよ。二週間前にこの別荘の下見をして、ここと決めたんだ。裏口の合鍵まで作ってな」

ポケットから鍵を取り出すと、顔の横で振って見せた。

そういうことか、と高之は納得した。つまりどんなに戸締りに気をつけていても、関係なかったということだ。

「仲間はいつ来るのかね」と伸彦が訊いた。

「早ければ、明日の夜にでも来る」

ジンの言葉に、女性たちから絶望的なため息が漏れた。少なくとも、明日の夜まで、この状態が続くということなのだ。そんなようすを見て、彼は底意地の悪い笑いを浮かべた。

「まあそう嫌な顔をするな。これも何かの縁じゃないか」

そういうとジンは女性たちを眺めまわし、下条玲子の頬をピストルでこすった。玲子は顔色を変えず、男の顔を睨《にら》みつけた。ジンは少しひるんだようだ。

「タグ、見張っててくれ」

女性から離れながら彼はいった。大男は不安そうにした。

「どこへ行くんだ」

「便所さ」

ジンは廊下に向かいかけたが、その時、

「あたしも行きたいんだけど」

厚子が訴えるような声を出した。ジンは顔をしかめた。さらに、「僕もさっきから我慢しているんだ」と木戸が震え気味の声でいった。たぶん自分からいいだす度胸がなかったのだろう。

「俺の後だ」とジンは吐き捨てた。「今は俺たちがここの主人なんだからな」

2

トイレに行きたいという者を一人ずつ連れていった後、ジンはロープか何かを探してくるといって、再びラウンジを出ていった。おそらく人質を縛るのが目的だろう。

だが間もなく、不機嫌な顔で戻ってきた。

「都合のいい紐《ひも》が見つからねえ。まあいいや、こうやって見張っておこう」

ジンはピストルを高之たちに向けながら、チェステーブルの横に座った。自分ならシーツを剝《は》いできて代用するところだがと高之は思ったが、もちろん口には出さなかった。彼等にしても考えているだろうが、そこまでする気はないのかもしれない。

「ジン、いつまでこうしてるんだ」

立ってライフルを構え続けることに疲れたのか、大男のタグも椅子に腰を下ろした。尻が大き過ぎて、まるでレストランにある子供用椅子に座ったみたいだった。

「いつまでって？」とジンが訊いた。

「フジ、来るまで、こんなことしてるのか」

大男の言葉はどこかぎごちなく、聞きとりにくかったが、フジというのがもう一人の仲間の名前らしい。

「そういうことになるだろうな。——ええと、タグはチェスはできなかったよな」

ジンはテーブルの下を探っていたが、「おっ、カードがあるぜ。暇つぶしになる」とトランプを出してきた。

「短い間ならいいが、一日以上こんなことしてるのは嫌だ」

タグが低い声でいった。「こいつらがここにいるから、誰かが訪ねて来るかもしれない。それに、ずっと見張ってるのも難儀だ」

「彼のいう通りだ」と仲彦がいった。「この近くの別荘には、私の知り合いも多い。我々が来ていると知って、突然やって来るかもしれない」

彼としては、何とか二人を屋敷から追い出そうと考えたに違いない。だが彼の台詞《せりふ》は、悲しいくらいに芝居が見え見えだった。

ジンはうすら笑いを浮かべながら、カードをシャッフルした。

「そんな嘘に引っ掛かると思うかい。この近くの別荘が全部法人の所有になっていることは調べ済みだよ。企業の保養所というわけさ。だから仮に泊まっている人間がいても、その会社の社員に過ぎねえ。どれだけ顔が広いのかは知らないが、まさかその企業の社員全員が知り合いというわけでもないだろ」

伸彦が沈黙したので、ジンはふんと鼻を鳴らした。

「ここを出ていくわけにはいかないな。ここで合流するのが最初からの計画だった」

「誰もいないという話だった」

タグが機嫌の悪い声を出した。「だけど話が違う。何だ、これは。うじゃうじゃいるじゃないか。どうなってる？」

「この別荘を選んだのはフジだ。俺じゃない」

ジンはカードを自分とタグの前に配った。ポーカーをするつもりらしいと、その枚数から高之は見当をつけた。

「フジに電話して、場所、変えよう。別荘はほかにもたくさんある」

「どうやって連絡をつけるんだ。手遅れだよ。それにここを出たら、こいつらが警察に通報するに決まっている」

「しないわ。約束するから」

厚子が懇願したが、ジンは無視して自分のカードを見た。「おっ、これはいい。まずは俺の勝ちだな」

彼が二枚のカードを取り換えるのを見ながら、

「さっき君は、我々に危害は加えないといったね。あれは信じていいのだろうか」

伸彦が慎重な口調で尋ねた。ジンはタグがカードを取り換えるのを睨んでから、

「当たり前だろ。俺を信じろよ」といった。

「つまり君たちが出ていく時も、我々を傷つけたりはしないわけだ」

「まあね」

「その場合、君たちが出ていった後で、我々が警察に通報するとは思わないのかね」

「たぶんするだろうな。ただし俺たちが充分遠くまで逃げてからだ。それまではできない」

「なぜ？」

「どうしてだ」とタグも相棒に聞いた。

「まず全員の手足を縛って部屋に閉じこめる」とジンはタグに説明をはじめた。「だ

が一人だけは俺たちと一緒に連れていく。安全な場所に逃げこんだところで解放するというわけさ」

彼は仲彦に目を戻した。「もしそれまでにあんたらが警察に通報した場合、人質の命はない。そいつの命が惜しくなければ、いくらでも通報すりゃいいさ。だけど俺たちは本当に殺《や》るぜ。脅しじゃない」

そういってジンは全員の顔を舐《な》めるように見回した。誰を人質に連れていくか、物色するような目だった。

粗野だが度胸はいい、と高之はこの小男について思った。おそらく彼等にしても、計画が狂って動揺しているはずだ。現に大男の方は、最初からずっと落ち着かないようすなのだ。その状況の中で、このジンという男は先のことを考えている。人質を連れて逃げるというのは、危険だがうまい手かもしれなかった。そんなことをされれば、連れていかれた者の安全が確認できるまで通報できないのが人間の心理だ。

この分では、そのフジという仲間が来ないかぎり、彼等が出ていくことは期待できそうにないと高之は覚悟を決めた。

夜明けまでジンとタグはポーカーをしていた。タグは無口だし、あまり頭も良さそうに見えなかったが、勝負には強かった。チップは殆ど彼の前に移っていた。

「相変わらず勝てないな。そらよ」

ジンはポケットから千円札を何枚か出すと、チェステーブルに置いた。タグのごつい手がそれをわしづかみにし、ズボンのポケットにねじこんだ。

人質たちはぐったりしていた。睡眠不足の上に、緊張が続いては無理もなかった。特に高之は殆ど一睡もしていない。

「腹が減ったな」

カーテンの隙間から外のようすを窺っていたジンが、腹をこすりながらいった。太陽の光が細く差しこんでくる。

「俺もだ。飯、食おう」

タグはライフルをテーブルの上に置くと、どこからかナップザックを持ってきた。そしてその中から、サンドウィッチや握り飯などを取り出した。コンビニエンス・ストアで買ってきたものらしい。

高之はテーブルのライフルが気になっていた。今、タグは食い物に夢中だし、ジンもそちらに気をとられている。何とか隙を見て奪えないか。

「そんな色気のないものを食うのはよそうぜ」

ジンが苦笑した。「ここには食料がないと思っていたが、今は唸《うな》るほどある。それにコックやウェイトレスまでいるんだぜ」

　彼にいわれ、タグは雪絵たちを見た。

「変なものを食い物に混ぜたりしないだろうな」

「毒か？　そんなものを持ってるはずねえよ。それに見張ってりゃ済むことだ。それでも不安なら、誰かに毒見させればいい。昨夜、食品庫の中を見ただろう？　めったに食えねえような御馳走が詰まってたぜ」

「そうだったな」

　ジンの提案に納得したらしく、タグは舌なめずりしながらサンドウィッチや握り飯をナップザックの中に戻した。この大男の方も、かなり落ち着きを取り戻してきたようだ。

「さあ、そうと決まったら腕をふるってもらおうか。料理長はあんただな？」

　ジンは厚子に銃を向けた。彼女は伸彦の腕にしがみついていたが、途端にぶるぶる震えだした。

「あんたを食おうってんじゃないんだから、そんなに怖がることはねえだろ。誰かに手伝わせたいなら、何人か選びな」

「おばさま、あたし手伝います」

雪絵がいった。続いて阿川桂子と下条玲子も、「あたしも」と声を合わせた。

「そりゃあ、わかりやすくていいや。女は全員厨房に集合というわけだ」

立て、とジンは女性たちに命じた。雪絵に続いて桂子と玲子が厨房に向かい、最後に厚子が頼りない足取りで歩きだした。

「薄味で頼むぜ。塩分は控えてるんだ」

ジンの冗談にただ一人笑ったタグが、ナップザックを持ってチェステーブルから離れた。ライフルを置いたままだ。ジンが早く行けというように厚子の背中を押して、向こうをむいた。

今だ、と高之が腰を浮かしかけた時、一瞬早く隣の利明が動いた。体当たりするようにテーブルに向かって飛びこむと、ライフルを取った。

「ピストルを捨てろ」

利明の声を聞いた後も、ジンは何が起こったのかわからないような顔をしていた。だがやがて事態を把握したらしく、唇の端をにやりと曲げた。

「何をしてるんだ?」

「聞こえないのか」と利明はいった。「ピストルを捨てろ」

だがジンは捨てなかった。タグを見て顎をぴくりと動かした。するとタグが利明の方に一歩近づいた。

「動くな」と利明はタグにライフルを突きつけた。「ピストルを捨てろ、早くしないとこの男を撃つ」

ジンは冷笑を浮かべた。「撃ちたいなら、撃てよ」

「ジン……」タグが呟いた。

「大丈夫、撃てやしないさ」

「本気だ」と利明は相手を睨んだ。「あんたを直接撃つという手だってある」

クックッとジンは喉を鳴らした。

「おたく、ライフルを撃ったことなんてあるのかい」

「引金を引けばいいんだろ」

「狙いのことだよ。そんなところから撃ったら、この御婦人に当たるかもしれないぜ」

彼は傍らにいた厚子の腕を摑んで、ぐいと自分の方に引き寄せた。「これでも撃てるかい？」

利明の目に迷いが浮かんだ。彼が返答しないことに、ジンは力を得たようだ。ピストルを厚子の喉元につきつけた。

「ライフルをタグに返すんだ」

利明は一歩下がり、改めてタグに狙いをつけた。ジンが頭を振った。

「そいつを撃ちたいなら撃てといってるだろ。その代わり御婦人の命もない」

数秒ほど動かなかったが、結局利明は諦めた。彼がライフルをテーブルの上に置くと、それを素早くタグが取り戻した。さらにタグは利明の腹を蹴った。利明は壁のあたりまで飛ばされた。木戸が裏がえった声で小さな悲鳴をあげた。

「風呂場にタオルが何枚かあっただろ。それを使って、そいつの手足を縛るんだ」

ジンにいわれ、タグは風呂場に行くと派手なスポーツタオルを二枚持ってきた。一枚を使って利明の両足首を、もう一枚で背中に回した両手首を縛った。

身動きのとれなくなった利明の脇腹を、ジンは数回蹴った。利明は呻いた。

「惜しかったな」とジンは利明を見下ろした。「あんたのミスは、さっさと撃たなかったことだ。ライフルを持った時、四の五のいう前に俺を撃てばよかったんだよ。そうすれば簡単に片付いてた」

「この次はそうする」

顔をしかめながら利明はいった。ジンは声を出さずに笑った。

「さあさあ余興は終わりだ。料理を始めようじゃないか。タグ、男共を見張っててくれ」

　だがタグは返事をせず、じっと相棒の顔を見つめている。「どうしたんだ」とジンは訊いた。

「さっきのは本気か」とタグはいった。

「さっきの？」

「俺のことを撃ちたいなら撃てって……」

「タグ」

　ジンはふっと鼻から息を出し、苦笑して相棒の肩に手を置いた。「いっただろ。奴に撃つ気なんてなかったんだよ。それがわかってたから、俺もあんなことをいったんだ。相手が素人じゃなかったら、もちろん出方を変えてたよ」

「本当だな」

「本当だよ。機嫌を直してくれ。今から旨いものを作らせるからさ。何が食いたい？ハムエッグか？　ローストチキンも好きだったよな」

「分厚いステーキ」とタグはいった。「腹が減って死にそうだ」

「オーケー、オーケー、朝っぱらからステーキっていうのがタグらしくていいや」

「焼き加減はレアだ。ソースは和風でなきゃ食わない」

「御婦人方、聞いただろ」

ジンはピストルを構えて、雪絵や厚子たちのところへ大股で歩いていった。「俺の親友は和風ステーキを所望《しょもう》している。腕によりをかけて焼いてやってくれ」

彼に威《おど》され、女性たちは厨房に消えていった。

タグは腹をこすると、高之たちから少し離れた床に座りこんだ。そして先程の二の舞は決してしないというように、ライフルを脇でしっかりと挟んだ。

それからしばらく彼は高之たちを見張っていたが、そのうちに退屈になったらしく、あたりを見回し始めた。ラウンジと食堂の境界に、本やゲームを入れた棚がある。彼はそれに近づいた。やがて彼はひとつの玩具を手に取った。二つの馬蹄《ばてい》を繋いだものを、もう一つの馬蹄に似せた輪に通してある。

「馬蹄パズルだ」と伸彦がいった。「そこから輪を外せばいいんだ」

タグはライフルを抱えたまま、がちゃがちゃとやった。

「外れるはずがない」と彼は不機嫌な声を出した。「馬蹄より輪の方が小さい。外れっこない」

「外れるさ。頭を使えば」

伸彦の台詞に、タグはむっとして睨んできた。そしてその場に座りこむと、再びがちゃがちゃやりだした。その手つきから、外れるのは当分先だろうと高之は思った。

　伸彦は座り直すふりをして高之のそばに寄ってきた。

「何とか外に知らせる方法はないかな」

　耳元で囁《ささや》いた。高之はびくっとしてタグを見た。彼はパズルに夢中だ。どうやら伸彦の計算通りらしい。

「このあたりまで、よその人が来ることはあるんですか」

　高之はうつ向き、小声で訊いた。

「ふだんはないが、もしかしたら誰か通りかかるかもしれない。この際だ。そういう可能性にでも賭けなければ」

　高之は頷いた。しかし、外にこの状況を知らせる方法というのは思いつかなかった。

「仮に、だ。この建物が火事になったらどうかな」

　伸彦の言葉に、高之は目を剝いた。

「わざと火をつけるというんですか」

「完全に燃やすわけじゃない。だが、火事かもしれないと思う程度の煙が出れば、騒ぎになって人があつまってくるんじゃないか」

いい方法かもしれないと高之は思った。煙なら、遠くからでも見える。それに大勢の人間が集まってくれば、ジンたちにしてもピストルやライフルを使うわけにはいかなくなるだろう。

「でもどうやって出します、煙を?」

高之が訊くと、伸彦はさらに顔を近づけてきた。

「二階の誰かの部屋に行ければいいんだ。各部屋にスチール製の屑箱が置いてある。あの中に木ぎれか何かを入れて火をつけ、窓を開けておけば……」

なるほど、と高之は意図を了解した。

「しかしそれだと、本物の火事になる危険性がありますよ」

「かまわんさ、それでも」と伸彦は低くいった。「こんな別荘程度、またすぐに建てれば済むことだ。それにそうなった場合、奴らもあわてるだろう。逃げだすチャンスが生まれるはずだ。無論、人も集まってくる」

「もし火に巻かれたら……」

「高層ビルというわけじゃない。どこからでも逃げられるさ。それより――」

伸彦は続きをいいかけて口をつぐみ、高之と反対の方を向いた。タグが近づいてきたからだ。

「何をしゃべってる？」

「いや、別に」と高之はかぶりをふった。

タグは胡散臭《うさんくさ》そうな目で高之を見ていたが、結局それ以上何もいわずに伸彦の方に向き直ると、馬蹄パズルをぽいと投げた。伸彦は自分の前に捨てられたそれを眺めてから、大男を見上げた。

「何だね？」

「外してみろ」とタグはいった。「外れるわけがねえ」

伸彦はちらりと高之の方を見たあと、手を伸ばしてパズルを取った。そして、「よく見てるんだ」というと、馬蹄や輪をちょっと捻るようなしぐさをした。馬蹄は右手に、輪は左手に残った。

タグは何か不気味なものでも見たように目をぎょろりとさせた。その前で伸彦の両手が交差したかと思うと、輪はまた繋がった。

「ちょっとしたコツがいる。練習だな」

伸彦はパズルを差し出した。大男のタグはそれを受け取ると、ライフルで高之たちを威嚇しながら後ろに下がり、床の上にしゃがみこんでまた挑戦を始めた。

仲彦が再びそばに寄ってきた。

「さっきの話の続きだが、奴らの仲間が来てここを出ていく時、人質を連れていかれるのは何としても避けたい。奴らがすんなりと解放するとは思えないからな。それに人質にするとなれば、なるべく弱い人間を選ぶだろう。男なら、まだ少しは安心だが……」

陰鬱な気持ちで高之は頷いた。同感だった。人質に選ばれるのは、厚子か雪絵というところだろう。いや彼等のことだから、性的欲求を満たすために雪絵を連れていく可能性が高いかもしれない。

「そういうことを考えると、少々の危険を冒してでも助かる見込みのある手段を選ぶしかないと思うのだが」

「煙ですか」

「ほかにいい考えがあるかね」

高之は首をふった。

「問題は、どうやってそれを実行するかですね」

高之は自分たちを見張っている男を見た。タグは今にも馬蹄を力任せに引きちぎってしまうのではないかという形相をしていたが、何をどういうふうにした拍子か、中の輪がすっと抜けた。彼はしばらくぼんやりとそれを眺めた後、「やった」と呟き、高之たちを見て不気味に笑った。

3

厨房から声が聞こえ始め、雪絵と桂子がワゴンに料理を載せて出てきた。続いて厚子が下条玲子に支えられるように現れた。彼女らの後ろでは、ジンが相変わらずピストルを構えている。

「どうしたんだ厚子、大丈夫か？」

伸彦が立ち上がった。タグがあわててライフルを向ける。「座ってろ」

「貧血を起こされたんです」

下条玲子が、厚子を食堂の椅子に座らせながらいった。

「大丈夫よ……ちょっと疲れただけ。こうしていれば、すぐによくなるわ」

厚子はテーブルに肘をつくと、両手で顔を覆うようにした。

「家内を休ませてやってくれ。もともと体力がないし、睡眠不足と緊張で参っている。一、二時間でいいから部屋で横にさせてやってくれ」

伸彦の狙いを高之は察した。厚子に付き添って部屋に行き、煙を出そうと考えているに違いない。あるいはその主旨を厚子に伝えるか。

だが小男のジンは彼の要求を聞かず、ふっと鼻から息を吐いた。

「本人がこうしてりゃ治るっていってるんだから、あんたが余計な口を出す必要はない。なあに、朝飯を食えばすぐに元気になるさ。早いとこ、配ってやりな」

彼に命令されて、雪絵と桂子が配り始めた。ロールパンとソーセージを使った簡単なホットドッグだ。それとカップスープ。

下条玲子はチェステーブルの上に、銀色のトレイを置いた。その上に載っているのは、分厚いステーキが二枚とビールの大瓶が二本だった。

「朝っぱらから豪勢じゃねえか、よう」

ジンにいわれ、タグは嬉しそうな顔で椅子に座った。不器用な手つきでナイフとフォークを使い、大きな一切れを口にほうりこむと、ビール瓶を摑んでそのまま飲んだ。

とても食欲などはなかったが、高之はスープで流しこむようにして食事を始めた。男はラウンジで、女は食堂で食べるよう命令された。ほかの者も、苦しそうな顔でパンをちぎっては口に運んでいる。利明は縛られたままだったが、さすがに食欲があるような様子でもなかった。

「あんたたちは親戚かい」

ダイニングテーブルで食べていたジンが、フォークでさっと皆の顔を指した。

「全員というわけじゃない」

誰も答えないので、伸彦がラウンジと食堂の仕切り越しに答えた。

「ふうん。でも、あんたとこちらの御婦人は夫婦だろ。で、あちらに縛られているのが息子。よく似ているもんな。さて残りの方々だが」

ジンは雪絵と桂子と下条玲子をじろじろと眺めた後、「三人の中の誰かが娘のはずだ。ええと……あんたがここの娘だ。そうだろう？」と雪絵にいった。

「いいえ」と彼女は答えた。

「違う？　じゃあ、あんたか」

「あたしも違うわ」と桂子はぶっきらぼうに答えた。

「すると……」

彼は下条玲子に目をやったが、「娘はいない」とその前に伸彦がいった。

「いない？　そんなはずはないだろ」

ジンは眉を寄せ、疑いのこもった目線を厚子に注いだ。「この別荘に潜むって決めた時に、おたくの家族のことも調べたんだぜ。あまり家族が多いと、利用頻度も高いから拙《まず》いと思ってね。結果的には調べた甲斐もなく、こんなことになっちまったわけだが……。まあそれはいい。とにかく調べた限りでは、あんたたちには娘が一人いるはずなんだ」

「たしかに一人いた。しかし死んだんだ」と仲彦はいった。「三ヵ月前に」

ジンはナイフを動かしていた手を止めた。

「それは気の毒だったな。病気かい？」

「いや、違う。ここから東京に帰る途中、車で崖から落ちたんだ」

そういうと仲彦は、半分食べかけのホットドッグをじっと見つめた。

「ほう、交通事故か。だけど自分で事故を起こしたんなら仕方ないな。最近の若い奴に多いんだよ。大方技術もないくせに、イキがって飛ばしてたんだろう」

「あれは単なる事故じゃない」

仲彦が鋭い口調でいい放った。その勢いに、二人の侵入者も一瞬黙りこんだ。大男のタグは、ビール瓶を口にくわえたまま仲彦を見ている。

高之も少し驚いて彼の横顔を見つめていた。朋美の死について、彼がこれほど明確な見解を述べたことはなかった。

他の者も同じ思いなのか、現在の状況を忘れて注目している。

「いや……朋美はそういう軽薄な娘ではないという意味だ。不注意ではなく、何かの不可抗力があったのだと信じている」

言い訳するような調子で伸彦はいい、ホットドッグにかじりついた。

「面白そうだな、その話。単なる事故じゃないって、ずいぶん意味あり気なことをいうじゃないか。それに――」

ジンは薄気味悪く笑った。「全員の顔色が変わってるぜ」

彼にいわれ、ほかの者はあわててうつむいた。それで彼がさらに何かいいたそうな顔をした時、玄関のブザーが鳴った。

一瞬時間が硬直し、全員が息を飲む気配があった。ビデオ画面がストップしたように動作を止める。タグなどは、今まさに肉片を頬張ろうと大口を開けたところだった。

ジンが最初に行動を起こした。タグに見張りを任せると、素早い動作で表側の窓に駆け寄った。カーテンの隙間から玄関のようすを窺《うかが》っている。

間もなく戻ってきた彼の目は、少し血走っていた。

「やばいぜ、警察だ」

彼の言葉に、タグも険しい目になってライフルを掴んだ。

「なんで警察が、こんなところに来るんだ」

「俺が知るわけないだろう。だけど俺たちがここにいることが暴露《ばれ》たとは思えない」

ジンは少し息を荒くして人質たちを見ていたが、「よう、あんた」と高之にピストルを向けた。「応対に出てくれ。奴らを追っ払うんだ」

「なぜ僕なんだ？」

「森崎社長自らが玄関に出ていくってのも、少し変な感じだろ。その次に落ち着いてそうなのが、あんたなんだよ」

「見かけと中身はずいぶん違うんだけどな」

高之は立ち上がると、伸彦や雪絵たちを見た。何とかしてくれ、と皆が訴えているのがわかる。警官にこの状況を知らせる方法はないか——高之は短い間に思考をめぐらせる必要があった。

「いっておくが、こっちは捕まるぐらいなら死ぬつもりなんだ。最初からその覚悟だ。変な真似をしたら、全員道連れだぜ」

高之の考えを見抜いたようにジンはいい、ピストルで彼の背中を突いた。

玄関に出る前にガラス窓のついた扉がある。ジンは外から見えないよう、しゃがみこんでその陰に隠れた。

「あんたは玄関の外に出るな。また奴らを玄関の中に入れてもいけない。わかったな」

高之は頷き、玄関に下りてサンダルを履いた。そして木製の重い扉を開ける。昨日やってきた警官が、昨日よりも幾分険しい顔で立っていた。

「朝早く申し訳ありません。おやすみでしたか」

痩せた中年警官が、わざとらしい愛想笑いをしながら訊いてきた。

「いえ、朝食中でした」

「ははあ……皆さん、もう起きておられるのですか」

「ええ」と高之は答えた。

警官はそれについて何かいいたそうだったが、

「ところで、昨日もお尋ねしましたが、その後何か変わったことはありませんか。不審な人間を見たとか、夜中に物音がしたとか」

不審な人間ならすぐ後ろにいる、といいたいところだった。

「いえ、別に」

「そうですか」

警官は特に失望したふうにも見えなかった。たぶんあちこちの別荘を訪ねては、こういうやりとりをしているのだろう。

「あの……何かあったのですか。二日続けて警察の方が来られたというのはふつうじゃないように思うのですが」

高之が訊くと、警官は皮肉をいわれたのだと解釈したらしく制帽の後ろに手をやった。

「申し訳ありません。せっかくのレジャーの邪魔をしているようで、心苦しく思っております。じつは昨日の昼、銀行が襲われましてね」

「銀行強盗ですか」と高之は訊いた。

「そういうことです。二人組で、ピストルとライフルを持って押し入ったそうです」

高之は複雑な心境で頷いた。凶器については充分承知している。

「で、その犯人がこのあたりにいると？」

「昨日の段階では、いるかもしれないという程度の話だったのです。犯人の車が、こちらの方に向かったという証言があったものですから」

「でも現在の段階は、また少し違うのですね」

「はい。犯人がこの湖の付近に隠れている可能性が極めて高くなりました。犯人が乗り捨てたと思われる車が、この先の茂みの中から見つかったのです。現金の入った大きな袋を三つ持っていますから、徒歩ではそれほど遠くへは行けないでしょう」

あなたたちの推理通りだ、と高之は心の中で呟いた。

「この付近にいるとなると、物騒ですね」

いいながら高之は腕を組み、ジンに見つからないよう気をつけながら自分の後方を指差した。そしてその指先を見てくれるよう、警官に目で合図を送った。

だが警官はさっぱり気づいてくれない。

「全く厄介な話です。何しろ相手は銃を持っていますからね。危険を避けるためにも、あまり外を出歩かないほうがいいでしょうな。それに出来れば、なるべく早くこちらを引き上げていただきたいのですが」

「わかりました。責任者に伝えておきましょう」

再三合図を送るが、警官は高之の手元を見てくれようとはしなかった。そのうちにもう一人の若い警官が駐車場の方から現れて、年配の警官に何やら耳うちした。

「白のプレリュードに乗っている人がおられますね」

「えっ？　ああ……はい。います」

下条玲子の車だ。

「運転席側が半ドアになっているそうです。うまく閉められないらしいので、持ち主の方に教えてあげてください」

何だそんなことかと、高之はがっかりした。

「ではこれで失礼します。どうもお邪魔しました」

警官は最後にもう一度頭を下げて帰りかけたが、「ああ、そうだ」と思い出したように振り返った。「皆さん、もう起きておられるということでしたね」

「はい」

「だったら」と警官はいった。「なるべくカーテンを開けておられたほうがいいでしょうね。我々はこのあたりをパトロールしていますから、外から中のようすが見えた方が安全だし、そちらも安心だと思うのです」

「そうですね。皆にいっておきましょう」

「では」

二人の警官は小さく敬礼して去っていった。

扉を閉めて高之が振り向くと、ジンがすぐ後ろに立っていた。

「白のプレリュードに乗っているのは誰だ？」

下条さんだというと、ジンは奥に向かって彼女を呼んだ。出てきた彼女に高之が事情を説明した。

「いけない、またやったみたいですね。あの車、少しドアが重いのですぐ半ドアになってしまうんです」

「キーを部屋に取りにいかなくても大丈夫ですか」

「スペアキーを後ろのバンパーの裏に貼りつけてあるんです」

扉を開けて出ようとする彼女に、ジンは銃を突きつけた。

「警官がうろついているかもしれないが、変な考えは起こすなよ。こっちから見ているからな」

下条玲子は小男に鋭い一瞥《いちべつ》を返した後、外に出ていった。ジンは扉を半開きにして、彼女の後姿を見張る。幸い、といっても彼にとって幸いなだけだが、駐車場を真っすぐに見通すことができた。

玲子は自分の車に近づくと、後部バンパーの裏からキーを取り外し、それを使って運転席側のドアを開いた。そしてきっちりとロックし直したのち、こちらに戻ってきた。不自然な動きはない。

「玄関のドアをもう少し大きく開けろ。警官がいないかどうかたしかめる」

ジンは一歩奥に下がって指示した。高之がいわれたとおりにすると、例の警官二人が門の近くを歩き回っているのが見えた。「苛立《いらだ》つポリ公だぜ」とジンは呟いた。

その時高之は目の端で、下条玲子が靴の先で素早く地面に何か書くのを捉えた。ジンは高之の後ろに隠れているので、それが見えないらしい。

玲子が入ってくると、「よし、ドアを閉めろ」とジンはいった。

扉を閉める直前、高之は玲子が書いたものを見た。手洗いの窓の下あたりに、『SOS』と大きく書いてあった。彼が玲子の顔を見ると、彼女は小さく顎を引いた。

部屋に戻ると、ジンはラウンジにいる伸彦たちに近づいた。

「全員食卓につけ。タグ、そいつの手足をほどいてやってくれ」

「一体どうしたんだ」

利明の手足のタオルをほどきながらタグは訊いた。

「カーテンを閉めきっておくのも不自然だってことだよ」

ジンは窓に近づくと、カーテンの隙間から外を覗いた。そして舌を鳴らす。「連中、まだうろうろしてやがる。タグ、用意はいいか」

「こいつらはここに座らせたけど、俺たちはどうすればいいんだ」

大男が、柄にもなくおろおろした。

「窓の下にしゃがみこむんだ。外からは絶対見えないようにな」

ジンは窓の下の壁にもたれて座ると、雪絵に銃を向けた。「よし、カーテンを開けるんだ。時間をかけずにやれ。おかしな真似をするな」

雪絵が席を立って、いわれたようにした。高之の位置から、塀の向こうにいる警官の姿が見えた。彼等は首を伸ばし、こちらを覗きこんでいる。

見てほしいのはこんなところじゃない、と高之は心の中で叫んだ。手洗いの窓の下だ。そこにメッセージがある。

しかし異状なしと判断したのか、警官は去っていった。高之は落胆の吐息をついた。

「行ったようだな」

カーテンの陰から外のようすを覗き見て、ジンは呟《つぶや》いた。

「カーテンを閉めよう」とタグがいった。「ここは窮屈だ」

「いや、奴らはまた来るかもしれない。何度も開けたり閉めたりしていたら、却って怪しまれる」

「窮屈なのは嫌だ」

「わかってる。いい手があるんだ」

ジンは階段を上がった。廊下の途中に少し広くなったところがあり、小さなテーブルと椅子が置いてある。彼はその椅子に座り、手すり越しに見下ろしてきた。

「ここからなら、ラウンジと食堂のようすは丸見えだ。見張りにはもってこいだぜ」

「こいつらはどうする？」

「だから俺たちの目が届く範囲内なら、多少自由にさせてやればいい。万一外から見られても、怪しまれないぜ。おっと、タグ。上がってくる時に、女を一人連れてきてくれ、こいつらが変な真似をしないよう、人質をとっておく」

タグはぎょろりとした目で、四人の女性を舐めるように眺めた。やがて彼は下条玲子に近づきかけたが、

「その女はやめておけ」

ジンが上から指図した。「一緒にいても面白くない。そっちの女にしてくれ」

彼が指したのは雪絵だった。彼女は一歩後ろに下がったが、タグの巨大な掌が細い腕を摑んだ。彼女は小さな悲鳴をあげた。

「手荒なことはしないでくれ」

木戸が立ち上がり哀願するようにいったが、タグにじろりと睨まれると下を向いて座り直した。タグは雪絵の腕をとって階段を上がっていった。

「君たちはいったい何者なんだ、どういう犯罪を犯したんだ」

仲彦が彼等を見上げて訊いた。ジンはにやりと笑って、ピストルを高之に向けた。

「あいつに訊いてみなよ。よく知っているはずだぜ」

皆の視線が集まったので、高之は先程警官から聞いた話をした。銀行強盗といっても、あまり誰も驚かなかった。彼等の言動から、その程度のことはしただろうと想像していたからかもしれない。

「なぜこんなところへ逃げてきたんだ」と仲彦が訊いた。

「それが計画だったからさ。銀行を襲った後、俺とタグは金を持ってとりあえずこの別荘地帯に潜む。幹線道路が封鎖されれば、逃げきれるかどうかは怪しいからな。こっちへ逃げてくるのを目撃されたのは、少々間抜けだったが」

「これからどうするつもりかね。もう一人仲間が来るという話だったが」

「来るのさ、もう一人頼りになるのがね。そいつが俺たちを、ここから逃がしてくれる。このあたりの地理に詳しいし、警察の動きについて、情報を持っている」

「フジ……という仲間だな」

利明が発言した。縛られていたところが痛むのか、手首をこすっている。

「よく覚えていたじゃないか。そう、フジだ」

「どうしてそいつはすぐに来ないんだ？」

「それはまあ、いろいろと事情があるんだよ」

ジンは歯切れの悪い言い方をした。「情報を摑むのにも時間がかかるだろうしな」

何かあるようだな、と高之は感じた。

「その計画がどれほど完璧だったかは知らないが」と利明は続けていった。「とにかく第一段階ですでにつまずいている。警察があれほど嗅《か》ぎ回っているんだ。早晩この別荘の不自然さにも気がつくだろう。何しろレジャーに来たというのに、誰も一歩も外に出ないんだからな」

「奴らが気づいた時には、俺たちはもういないさ。警察がここに来て見つけるのは、縛られて、さるぐつわをかまされたあんたたちの姿だ」

「本当に殺す気はないんだな」

「今のところはね」

「それが賢明だと、私も思う」

伸彦は胸を張り気味にしていった。「誰か一人でも犠牲になったら、その瞬間私は駆け出して、警官に知らせる。たとえさらに犠牲者を出すことになってもだ。もしそうなったら君たちには、強盗のほかに殺人の罪が加わることになる」

「あんたが駆けだす前に、撃ち殺すという手だってあるんだぜ」

ジンは眼光に凄味を帯びさせていった。

「その場合には」と下条玲子がいった。「あたしが駆けだすわ。警察目指して」

「あたしも」と阿川桂子。

「僕もだ」と高之も続けた。

ジンは少しの間絶句したが、やがて何度も首をふった。

「いいチームワークだな。うらやましい話だ。よしわかった。お互い、損になることは避けようや」

その語気には、少し後ろに引いたようなところがあった。侵入者がやって来て数時間、威される側が初めて一矢報いたのだ。

第三幕――暗転

1

さらに数時間が過ぎた。

状況は少しも変わっていなかった。二人の強盗は二階の廊下に陣取って、人質たちを見張っている。といっても彼等にしても退屈なわけで、小男のジンはトランプを使った一人ゲームや占いをし、大男のタグはラウンジの棚に置いてあった知恵の輪やパズルに挑戦していた。タグは馬蹄パズルをクリアしたことに味をしめて、やみつきになったらしい。

二人はラウンジの戸棚から見つけだした高級ブランデーを、水か麦茶のような調子でがぶ飲みしていた。そのうちに酔うのではと高之は期待したが、二人とも異常に強いらしく、顔色ひとつ変わらなかった。

雪絵の姿は下からは見えにくい。彼等から少し離れたところに座らされているらしい。時折ジンが口元を曲げながら彼女に話しかけているのが、高之には気になった。

下にいる人質たちは、ラウンジや食堂を行ったり来たりしていた。彼等に与えられた行動範囲が、そこだけだったからだ。厨房や手洗いに行きたい時には、タグかジンのどちらか——大抵はタグが——同行するのだった。そして隙を見て逃げだしたりしないよう、それ以外のドアや窓などは全てロックされた上で針金を巻かれていた。

高之はベランダに近いところに腰を下ろし、時々湖に目を移したり、皆のようすを眺めたりした。

利明は下条玲子を相手にチェスを始め、木戸はぼんやりとそれを眺めていた。阿川桂子は食堂の椅子に座って、自分が持ってきた小説を読んでいる。厚子はソファに横になり、伸彦が彼女を元気づけるようにそばに付き添っていた。

こうしていると、それぞれに別荘での生活を楽しんでいるように見えないこともなかった。少なくとも、何も知らない人間が窓から盗み見したとしても、何の不審も抱かないだろう。

実際、全員がこの異常な状況に、少しずつ慣れを感じ始めているように高之は思った。緊張があまりに長く続くと、却って神経が鈍磨してくるのかもしれない。そういえば利明などは、チェスを指しながら白い歯を覗かせたりしている。

高之は伸彦を見た。彼は妻の手をとり、じっと瞼を閉じていた。穏やかともいえる顔つきだ。彼は火事になることを覚悟で煙を起こす作戦を、やはり今も密かに持ち続けているのだろうか。それとも抵抗しなければ手は出さないという強盗たちの言い分を信じ、彼等が去るまで待つことに方針変更したのだろうか。

「タグ、ちょっと長い時間見張っててくれないか」

上でジンの声がした。

「何だ。便所か？」

「似たようなものだが、もっといいことさ」

はっとして高之は上を見た。ジンが腰を浮かしているところだった。「いやっ、離して」と雪絵が叫んだ。高之は立ち上がった。

「騒ぐなよ。命まではとらない。こんなところでじっとしてたって、退屈なだけじゃねえか。あんただって、嫌いじゃないんだろ？」

ジンは雪絵の腕を掴み、近くの部屋に入ろうとしていた。

「やめてくれ」と木戸が泣きだしそうな声を上げた。

「やめろ」と高之もいった。「危害は加えないという約束だったじゃないか」

「危害？」

ジンはわざとらしく驚いた顔を作った。

「これが危害を加えることになるのかい。二人でいいことをしようというんだぜ。まあ時には女の方が嫌がる素振りを見せることもあるが、最初のうちだけさ」

「彼女の腕を離せ」

雪絵を侮辱する言葉に怒りを覚えながら、高之は鋭くいい放った。「さっきもいったはずだ。誰かに危害を加えたら、窓ガラスを叩き割ってでも逃げ出す。それでもいいのか」

彼の勢いに、ジンは気圧《けお》されたような目をした。

「やめとけ」とタグもいった。「ジンが女とやってる時に、こいつらが逃げだしたら、俺一人じゃ始末できない。女なんか、これからいくらでも抱ける」

人質と相棒の両方からいわれて、ジンもその気をなくしたようだ。薄笑いをしながら雪絵の手を離すと、椅子に座り直した。

「惜しいな、いい女なんだけどな。まあ、いいや。まだまだ時間もあることだしさ」

含みのある台詞を吐くジンを、高之は下から睨んだ。

「ちょっと頼みがある」

その時伸彦が、強盗たちを見上げていった。「部屋に入らせてもらえないかね。家内が寒そうなので、上に羽織るものを取ってきてやりたい。それがだめだというなら、君たちが取ってきてほしい」

彼の頼みに、二人の強盗は顔を見合わせた。迷っている表情だ。

「まあいいや」とジンはいった。「タグ、見張ってくれ」

伸彦は階段を上がると、タグと一緒に自分の部屋に消えた。

ひとりになったジンは少し警戒の目をきつくしながらも、

「あんた、この女の恋人か何かかい？」

と雪絵をピストルで示して、高之に訊いた。

「その人は、僕の婚約者の従妹だ。だから守る義務がある」

「そりゃあ殊勝なことだな。その婚約者というのは、どっちだい？」

彼は阿川桂子と下条玲子を交互に見た。高之は首をふった。

「どっちでもないのか？」

「彼は森崎朋美、死んだ妹の婚約者だったんだ」と利明が横からいった。

「ふうん、そうだったのか」

ジンは好奇心を露骨にした視線を、高之に注いできた。

間もなく伸彦とタグが部屋から出てきた。だが階段を下りようとした伸彦を、「ちょっと待ちな」とジンが呼び止めた。

「さっきの話の続きをしてくれよ。気になることをいってたじゃないか」

「さっきの話?」

「交通事故の話だよ」とジンはいった。「あんたの娘さんが死んだって話だ。単なる事故じゃないって、あんたはいっただろ。その続きだよ」

「続きなんかはない」

不機嫌な声でいうと、伸彦は再び階段を下り始めた。そして厚子のそばに行くと、彼女の肩にブルーのサマージャケットをかけた。

「そんなことはないだろう。さっきのあんたのようすは、今まで付き合いのない俺にだって、充分おかしく見えたぜ」

「突然異常な事態に巻きこまれて、少々取り乱しただけだ。君たちに娘のことをいわれて、興奮したせいもある」

「強盗なんかに、大事な娘の死にケチをつけられてたまるかというわけか。だけどさ、あんたの話は明らかにおかしかったぜ。娘は車で崖から落ちた。だけど事故じゃない。事故じゃなけりゃ何だっていうんだよ」

「だから先刻は少し混乱していたといっている。娘は事故死した。それでいいじゃないか。なぜ君がそんなことに興味を持つのかね」

「それはまあ単なる好奇心、というものかな。何しろ退屈なものでね」

ジンがいった時、今まで黙って利明のチェスの相手をしていた下条玲子が立ち上がり、伸彦のところまでいって何か耳元で囁いた。「何をひそひそやっている」とジンは喚いた。

「なるほどそうか」と伸彦は頷いた。「彼女の考えでは、君たちの狙いは森崎家の内幕を知ることにあるそうだ。何か弱みを握れれば、今後の逃亡に役立つかもしれない。うまくすると、恐喝も可能だというわけだ」

図星だったのか、ジンは少し虚をつかれたように絶句した。しかしすぐまた不敵な笑いを取り戻すと、ピストルの先で自分の頬を掻いた。

「俺たちの方の狙いはともかくさ、あんたたちだってその娘さんの死については疑問を持ってるって顔だったぜ。ここには関係者が集まってるんだろ？　こんなところに雁首揃えたってことは、はっきりさせようという狙いがあったからじゃないのかい」

伸彦は首をひとつ振り、妻の顔に目を落とした。彼女の手を握る手に力がこめられたように、高之には見えた。

「何とかいいなよ、よう」

ジンが上で喚いたが、仲彦は応じる気配がない。他の者も彼に注目していたが、反応がないのを知って、またもとの姿勢に戻った。

「つまらねえ野郎だな」

ジンは舌打ちをした。

今までよりもさらに重い沈黙が続きそうな予感があった。誰もが慎重にならざるをえないような空気が充満している。

だがそれを破る発言があった。

「おじさまも、やっぱりあたしと同じ考えなんだわ」

阿川桂子だった。気負ったようすはなく、落ち着いた声でいった。「昨夜あたしが主張した時、おじさまは反対派だったけど、やっぱり同じ考えなのよ。同じ疑いを持っているんだわ」

「桂子君、それは違う」と仲彦は否定した。

「いいえ」と彼女は自信ありげに首をふった。「違いませんわ」

「とにかくその話は、今はやめよう」

仲彦はちらりと吹抜けの上を見た。「今、その話はしたくない」

ジンが何かいいたそうにしたが、その前に桂子がいった。

「今だから、こういう話もできると思うんです。仮に無事ここから帰れたとしたら、きっともうできませんわ。平穏な生活に戻れた喜びに流されて、そこに少しでも影を落とすような話は避けるに違いありませんもの」

「避ければいいじゃないか。愉快な話ではない」

「それでおじさまは満足なんですか。どこかに朋美を殺した犯人がいるかもしれないというのに」

「桂子君」

彼女の口を封じるように、仲彦はぴしりといった。「軽率なことをいうべきではない」

「おい、聞いたぜ」

ジンがこの格好の餌食を見逃すはずがなかった。「殺したといったな。あんたの娘を殺した犯人がいると。タグも聞いただろう。俺たちは面白いところに忍びこんだようだぜ」

「誤解しないでくれ。それは彼女が勝手にいっていることだ。彼女は作家で、どうやら妄想癖があるらしい。娘は事故死だ。第一、娘を殺したところで誰も得をしない」

やや言い訳じみた口調で説明すると、余計なことをしゃべるから強盗たちにつけこまれたではないかというように、仲彦は阿川桂子に冷たい視線を浴びせた。

「妄想なんかじゃありません。おじさまだって、車の運転に関してあの朋美が二度同じ過ちをおかすとは思えないでしょう？　それに利益を得ることだけが動機になるわけじゃありません。怨恨や復讐といったほうが、より強いエネルギーになるはずです」

阿川桂子はむきになって反論した。

「話にならないな。いったい誰が朋美に復讐心や恨みを抱いたりするものか。もうやめよう。こんな議論は」

苛立ったように仲彦は両手を顔の前で振ったが、それを揶揄《やゆ》するようにジンがいった。

「ずいぶんあわててるじゃないか。必死でごまかそうというふうに見えるがね」

「何もごまかしてはいない」

「だったら、白黒はっきりさせた方がいいと思うぜ。森崎製薬の娘は事故死ということになっているが、本当は殺されたんじゃないか——そういう疑惑を持ったまま、俺たちがここを出ていったら後味が悪いだろう」

「そんなことは別に気にしない。あれは間違いなく事故死だったと、警察が結論づけている。それを翻す根拠は何もないし、事故以外の何かだったという痕跡もない」

伸彦はいったが、その顔は明らかに不安そうだった。彼等が完璧に逃げ失せるという保証はない。万一捕まった時には、ここでのことも白状するだろう。

「あたし、警察の関係者から取材したことがあるんです」

阿川桂子が、誰に対してというふうでもなくいった。「自損事故で、特に犯罪に関わっていると考えられない場合は、解剖も何もしないって。だから朋美が睡眠薬を飲んでいたとしても、それを証明することはできないんです」

「へええ」とジンが頓狂な声をあげた。「誰かが睡眠薬を飲ませたというわけか。そいつは面白いや。それなら事故を起こすことだって考えられるよな」

どこまでも暴露していく桂子を見る伸彦の目には、殆ど憎しみといっていいものがこめられていた。だがこの状況を利用してでも真実を暴こうとする桂子の態度は、彼女の真剣さを如実に表しているようで、高之は圧倒される思いだった。

「君は昨夜からそのことをいっているが」

チェスなどはとうに中止していた利明が、椅子を動かして桂子の方に向き直った。

「その確固たる自信がどこからくるものか、ぜひ聞きたいね」

阿川桂子は深呼吸をしたのち、「ピルケースです」と答えた。

「ピルケース？　薬入れのことかい」

「はい、彼女はペンダント型のピルケースを持っていたんです。一度見せてもらったんですけど、中に白いカプセルが二つ入っていました。何の薬なのって訊くと、鎮痛剤よって教えてくれました。彼女、生理痛がひどかったらしいですね。だからお医者様に、特別に調合してもらったっていってました」

「その薬なら覚えています。僕が相談にのったのですから」

木戸が発言した。若干声が震え気味だ。「定期的に何錠か、渡していたはずです」

「ええ、それならあたしも知っています」

厚子が横になったまま、だるそうに口を動かした。

「君は？」と利明は高之に訊いた。

知っています、と彼は答えた。銀色の外国土産だとかいうピルケースだ。昨夜阿川桂子が薬のすりかえを仄めかした時から、高之はいずれピルケースを問題にするのではないかと予想していた。

「証人が続々と出てきたな」と利明はいった。「だけどそれがどうしたというんだ」

「ですから」といって桂子は唇を舐めた。「もし仮にその薬そっくりな睡眠薬があったとします。犯人は朋美がペンダントを外した隙に中身をすりかえて、彼女が自動車事故を起こすのを密《ひそ》かに待つという手を使った——とは考えられないでしょうか」

「なるほど、そういうことがいいたいわけか。しかしそういうすりかえは意味のあることなのかな。よく知らないが、鎮痛剤にしても睡眠薬のような効果があるんじゃないのか」

利明は木戸に訊いた。

「そういう効果のある薬が殆どです。しかし運転できないのは困るということで、多少効果は薄れますが、眠くならない薬を朋美さんには調合したはずです」

「でも朋美はあの日、薬なんかは飲んでいないわ」

厚子が起きあがりながらいった。「遺品を受け取った時、じつは私、ペンダントを調べたのよ。木戸先生から説明がありましたけど、私は朋美が薬の影響で眠くなったのではないかと疑ったの。というのはあの頃朋美は、ちょうど生理だったから」

全員が、はっとする気配があった。

「でもそれは私の考えすぎでした。ピルケースの中には薬が二錠入ったままだったわ。だから飲んではいないはずなの」

「ですけど余分に持っていたとは考えられませんか。そうして飲んだ後、ピルケースの中に補充したのかもしれません」

阿川桂子がいったが、厚子は栗色に染めた髪を揺らした。

「それはありえないわ。一日に飲む量は最高二錠と決められているので、余分には持たないはずだから。そのためのピルケースなのよ」

母親が自信を持っていう言葉には、さすがに説得力があった。

「厚子の話を聞けば、納得せざるを得ないんじゃないかな」

伸彦が桂子を見ていった。「あの日朋美は薬を飲んでいない。ということは仮にその薬が何か別のもの、極端な話、毒薬にすりかえられていたとしても、朋美の死とは関係ないということになる」

だが桂子はそれでもまだ反論の材料を持っているらしい。

「ピルケースの中に薬が入っていたとしても、説明は成り立ちます」

「ほう、どういう具合にだい？」と利明が訊いた。

「今のおばさまの証言を厳密にいうなら、こういうことになりますわ。遺品だといわれてピルケースを受け取った時、中には薬が二錠入っていた。ということは——」

「もういい。君の弁論能力はよくわかったよ」

桂子の話を断ち切るように、伸彦は掌で空を切った。「創作にかけてはお手のものだろうから、屁理屈など何とでもつけられるのだろう。だがその能力は別の場所で発揮してほしい。とにかく今こんな時に、朋美の死について語りたくないといっているんだ」

今まで以上に厳しい語気だった。日頃穏やかな伸彦にしては珍しく色をなしていると高之は思った。阿川桂子もその剣幕に、さすがに口を閉ざした。

「何か理屈をつけられるなら、それを聞いてみたい気もするがな」

利明がいったが、伸彦はわずらわしいものを払うような手つきをした。

「聞きたいなら、別の機会におまえ一人で聞いてくれ。私はそんなもの聞きたくない」

「何だ、もう打ち切るのか」

頭上でジンが不満そうな声を出した。「せっかく盛り上がってきたのにさ。俺は全然納得していないぜ。このままでいいのかい?」

「すきなように想像すればいいだろう」

伸彦は絞りだすようにいった。

不思議なことだが、今の議論の間だけは、誰もが人質の身だということを忘れているように高之には思えた。それだけ皆が朋美の死に関心があるということなのだろう。

気まずい沈黙が場を支配していた。物音をたてるのも憚《はばか》られるほどだ。その中で高之は、朋美のピルケースのことを考えていた。

事故の知らせを受けて、高之は所轄の警察署に向かった。朋美の遺体はすでに棺に入れられ、駐車場に安置されていた。ひと足早く到着したらしく、朋美の両親と利明、それから篠一正と雪絵親子の姿がそこにはあった。厚子はすでに泣いていたが、高之の顔を見ると改めて声をあげた。

担当主任と名乗る警官が、遺品です、お確かめくださいといって、そばの机の上にいくつかの小物を広げた。コンパクトや財布、ハンドバッグなどだ。その中にペンダント型のピルケースもあった。お手数をおかけします、といいながら伸彦がそれらをひとつの袋にまとめた。

棺を積んで霊柩車が出発してから、それを追うように高之たちも車を発進させた。伸彦は高之の車の助手席に、厚子は後部座席に乗った。彼女はずっと泣きづめだった。

途中、休憩のためにパーキングエリアに入った時、高之は遺品を調べてみた。ピルケースもだ。その中には、たしかに見覚えのある薬が二錠入っていた。

――朋美はあの日、何の薬も飲んでいない。それだけは確実だ。

記憶を確認し、高之は小さく頷いた。

2

五時過ぎになって、再び全てのカーテンがぴっちりと閉じられた。まだ外は充分明るいが、このぐらいの時刻ならカーテンを閉めても不自然ではないと判断したのだろう。

ジンは女性四人に夕食の準備を命じた。

「俺たちも明日には出ていく。これが最後のディナーってわけだ。ひとつはりきって作ってくれよ。材料なんかも奮発してさ」

ジンが軽口を叩いた時だ。また例の玄関ブザーの音がした。彼の顔から笑いが消えた。

「またあいつらだ」

タグがカーテンの隙間から覗いて、頬をひきつらせた。ジンは舌打ちをした。

「何度も何度も来やがるな。今度はいったい何だっていうんだ」

「仕方ないだろう。連中はあんたたちを探している。見つかるまでは、しつこく見回りを続けるさ」

床に寝そべった利明が、ゆっくりと身体を起こしながらいった。

「とにかく、早く出ていかないと怪しまれるぞ」

高之はジンに指名される前に立っていった。内心、ようやくチャンスが巡ってきたと興奮していた。何とかあの『SOS』を警官たちに示さなくてはならない。暗くなってしまったら、おそらく見えないだろう。

「よし、あんたは落ち着いてるからな。よろしく頼むぜ。今朝の要領だ。扉はなるべく細く開けろ」

いろいろと指示されて玄関に下り、扉を押した。二十センチほど開いたところで、中年警官の見慣れた顔が現れた。

「何度も申し訳ありません」と警官は頭を下げた。「じつはまだ例の犯人が捕まりませんでね。この付近の別荘をもう一度見回ることになったのです。それで、すみませんが、ちょっと部屋の中を見せていただけませんか」

「中に入ってこられるわけですか」

「はい。御協力をお願いします」

少しお待ちくださいといって高之は扉を閉めた。ジンが血相を変えて現れた。

「何てことをいいだしやがるんだ」

「どうする気だい？」

彼の狼狽を、他人事のような気分で高之は眺めた。

ジンは高之を連れてラウンジに戻ると、早口で事情を説明した。タグの顔からみるみる血の気が引いていった。反対に人質たち、特に女性たちの表情に期待の色が浮かんだ。

「タグ、女全員とこの男を連れて二階に行け。どこかの部屋に入って、中から鍵をかけるんだ」

『この男』と選ばれたのは木戸だった。それは賢明な策ではあると高之も思った。木戸の表情を警官に見せれば、この別荘で異変の起きていることが忽《たちま》ちわかってしまう。

タグは一番左端、つまり高之の部屋に全員を連れて入った。

ジンは伸彦と利明に銃を向けた。

「よし、あんたたちも一緒に来るんだ。女房たちの命が惜しければ、いう通りにしろ」

高之は再び玄関に行って、扉を開いた。後ろに伸彦と利明、それからジンが来ている。

「どうぞ、お入りください」と高之はいった。

「お邪魔します」

警官は帽子の庇《ひさし》を持って会釈した。男が四人も玄関に出てきたことに、何の疑問も抱かないらしい。

ラウンジに入った警官は、そこに誰もいないのを見て、少なからず驚いたようだ。

「ええと、お泊まりなのはあなた方だけですか」

男四人をじろじろ見てから訊いた。

「いえ、妻たちもいます。今、自分の部屋にいるんですよ」

高之の後ろでいったのは、ジンだった。声や口調ががらりと変わり、まるで別人だ。

「ああ、なるほど」

警官はラウンジや食堂を見渡してから、伸彦に訊いた。「失礼ですが、オーナーの森崎さんですか」

「そうです」

「ええと、ほかの方は……」

「これが息子の利明、彼が娘の恋人の樫間さん。それからこの人が……」

「森崎さんの部下の、ジンノです」

ジンはきっちりとしたお辞儀をした。

「ははあ、家族ぐるみの付き合いというわけですな。うらやましい」

何も知らない警官は、強盗犯人に愛想笑いを見せてから、階段に近づいた。

「上の部屋を見せていただいてよろしいですか」

「それは構いませんが」

伸彦は舌で唇を濡らした。「特になにもありませんよ。それに眠っている女性がいるかもしれないし……」

「ざっと見せていただくだけです」

警官は階段を上がると、すぐ近くのドアをノックした。

「それは僕の部屋です。誰もいませんよ」と利明がいった。

警官はドアを開けて中を覗いてから、「そのようですな」といった。

さらに彼は廊下を左に進んだ。そして一番端のドアの前で立ち止まった。高之の横でジンがピストルを構え始めていた。いざとなれば警官を撃ち殺す気なのだ。

警官がドアをノックした。高之は唾を飲もうとした。だが口の中は乾いている。

返事がないのでもう一度叩こうとした時だ、ドアが内側に開いた。下条玲子の整った顔が覗いた。彼女は警官を見て、ひどく驚いた顔をした。「何かあったんですか」

「いや……ちょっとこのあたりを見回っているものですから」

警官はあわてて、しどろもどろになった。「この部屋にいるのは、あなただけですか」

「いえ、ほかの人もいますけれど」

「少し中を見せていただくわけにはいきませんか」と警官はいった。

ジンが階段に一歩近づいた。腕組みのふりをして、腋の下にピストルを隠している。

「部屋の中を、ですか」

下条玲子はくすくすと笑いだした。「それはまあ構いませんけど、今あたしたち、明日のための水着検討会をしているんです。だから全員殆ど裸ですわよ」

えっ、と警官はドアから少し離れた。

「それでもどうしてもということでしたら、お入りになっても結構ですけど」

「いや、わかりました。どうも失礼いたしました」

警官がたじろぐのを見て、さすがは下条玲子だと高之は感心した。

赤い顔をして下りてきた警官は、高之たちに照れ笑いをした。「参りましたな。近ごろの女性は大胆で困ります」

「部屋に入ってみるのも一興だったかもしれませんよ」

ピストルをズボンの中に隠して、ジンがいった。

「いやいや、そんなことをしたら気を失ってしまいます」

鈍感な警官は、犯人に冗談をいいながら玄関に戻っていった。高之はあわてて後を追った。肝心な用が残っているのだ。

「何度も失礼いたしました。もうお邪魔することはないと思います。夜になると物騒ですから、きちんと戸締まりして下さい」

扉を開けて警官は外に出た。今しかないと高之は思い、扉のノブを掴むふりをして、外に身を乗り出した。そしてジンに気づかれぬよう、『SOS』と書かれた地面を指差そうとした。

ところがそこに文字はなかった。

書かれたはずの文字が消えているのだ。代わりにそのあたりの地面が濡れている。

「ではこれで失礼します」

愕然《がくぜん》とする高之に気づかず、警官は敬礼すると去っていった。

3

夕食の準備のため、女性たちはジンに威されながら厨房に入っていった。例によってタグが男性四人の見張り役だ。

高之は頭を悩ませていた。考えもしなかったことが起きたからだ。

あの『ＳＯＳ』の文字を消したのは誰なのか？

誰も別荘を出ていないのだから消すことなど不可能だ、とつい先程までは思っていた。しかし手洗いに行った時、そうではないことに気づいたのだ。

手洗い所の洗面台の横に、ビニールホースが置いてあった。よく見ると少し濡れているではないか。高之は合点がいった。このホースを使って小窓から水を流せば、ちょうど窓の下にある文字は消えてしまうわけだ。

問題は、誰がそんなことをしたかということだった。ジンやタグなのか？　もし彼等なら、黙っていることはないと思えた。

では人質の中に裏切り者がいるのか？

まさか、と高之は頭をふった。なぜそんなことをする必要があるのだ。

彼がそんなふうに考えを巡らせていると、

「一か八かの勝負をしてみるか」

隣の利明が耳元で囁いた。高之は彼の顔を見返した。「勝負って？」

利明は目で天井を示した。「これから周囲はどんどん暗くなっていく。もし停電でもしたら、逃げ出すチャンスが生まれると思わないか」

「停電？」

その手があったか、と高之は思った。「でもどうやって？」

「このラウンジや食堂の照明は、同じブレーカーから電気をとっているはずだ。だからそのブレーカーが落ちるように、どこかのコンセントをショートさせてやればいい。といっても連中に見つかっては何にもならないからな。たしかトイレの洗面台のコンセントが同じブレーカーに繋がっていたはずだ。あれを使おう」

「しかしですね」

見張りを気にしながら高之はいった。このラウンジに置いてあった知恵の輪やパズルは全部クリアしたのか、タグは退屈そうな顔で棚の中を眺めている。野鳥や植物に関する書物が並んでいるが、彼はそういった活字には関心がないらしい。

「急に暗くなってもパニックになるだけです。却って危険かもしれない」

「それはわかっている。だから予《あらかじ》め停電になる時刻を決めておけばいい」

「どうやって？」

「タイマーを使う」と利明はいった。「おれの部屋にタイマーがある。冬場、電気ストーブに付けて使ったりするんだ。あれを利用して、時間がくればショートするようにセットすればいい」

たしかにうまくいきそうな手だった。

「でもどうやってタイマーを取りにいくんです」

「それは任せておけよ」

利明は自信たっぷりな顔で片目をつぶると、タグにいった。「パズルが好きなんだな」

大男は警戒心のこもった目で見返した。

利明はさらにいった。「じつは俺もひとつ、面白いパズルを知っている」

「どういうやつだ」とタグは訊いた。

「口じゃ説明しにくいがな、マッチ箱を使うんだ」

「マッチか」

タグは失望の色を見せた。「マッチ棒パズルは、もう飽きた」

「マッチ棒じゃない。箱を使うんだ。外箱と中箱を組み合わせて作る」

「箱?」

タグはズボンのポケットからマッチ箱を出すと、利明の前に投げた。ありふれた名前の喫茶店の名前が印刷されている。「やってみろ」

だが利明はかぶりをふった。

「残念だが、こんなに薄い箱じゃだめなんだ。厨房に、もっと厚い箱があるはずだ。それを五つ使えばできる」

「五つも? どうしてそんなにいるんだ?」

「それが規則だからだよ。五つ使わなければできないんだ」

タグは怪訝な顔をしたが、好奇心には勝てなかったようだ。「じゃあ、取ってこい」と利明に命じた。

利明がゆっくりと腰を浮かせながら、高之を見てかすかに片目を細めた。

彼が厨房に入っていくと、「何だ、おまえは」というジンの声がした。そのあと少しやりとりが聞こえて、箱を五つ持って利明が戻ってきた。

「ちょうどいいのがあったよ」

「早くやれ」とタグはせかした。

「このままじゃできない。接着剤か糊がいるんだ」

利明がいうとタグはうんざりした顔をした。

「どうしてそんなものがいるんだ」

「この五個の箱を接着剤でくっつけるんだ。俺の部屋に接着剤があるから、取りに行かせてくれないか」

なるほど、と高之は思った。うまいものだ。

タグはまた迷いの表情をした。利明一人を行かせるわけにはいかないし、ほかの男を見張らないわけにもいかないからだ。彼の心境を見越したかのように利明がいった。

「全員を連れていけばいいじゃないか」

「全員？」

「ああ。それなら安心だろ？　誰も逃げる心配がない」

タグはこの提案を採用した。利明が前を歩き、高之や木戸、伸彦が後に続く。その後ろでタグがライフルを構えた。

階段を上りきった時、利明が高之の耳元で囁いた。

「俺が接着剤を見つけたといったら、奴の気をそらしてくれ。十秒ほどでいい」

「わかりました」と高之は答えた。

人質四人を部屋に入れ、タグは入り口のところに立った。「早くしろ」

「わかってる。たしかこの棚の中にあったはずだ」

利明は壁際の棚に近づくと、引き出しを開けて中を探りだした。そして間もなく、

「あったあった、これだよ。ずっとここに置いてあったんだ」といって携帯用の工具箱の中から、小さなチューブ式ボンドを取り出した。

同時に高之をちらりと見た。

合図を受けて高之は、「うっ」といって腹を押さえながら床にしゃがみこんだ。横にいた木戸が、「腹痛かい？」と訊いてきた。

「どうした、高之君」と伸彦も来る。

「何をやってるんだ？」

そしてタグも高之に気を取られたようだ。

「いや、急に腹が痛みだして……どうしたんだろう？」

到底うまいとは思えない演技をしながら、高之は横目で利明を見た。彼は引き出し

から赤い箱のようなものを取り出すと、素早く服の下に隠した。

「神経性じゃないか。少し休めば楽になるだろう」

そういって利明がそばに来た。準備オーケーという合図だ。高之は少ししかめた顔をしながら立ち上がった。

「大したことはありません。突然痛みだしたものだから驚いて……もう大丈夫」

「さあ、もうこの部屋に用はないぜ」と利明がいった。

「よし、下におりろ」

タグに命じられて全員が部屋を出た。

ラウンジに戻ると、利明はまずマッチ箱パズルの製作にとりかかった。五つのマッチ箱すべてから中箱を抜き出し、それを外箱と接着剤でくっつける。このくっつける位置が肝心らしい。こうして外箱と中箱をくっつけた部品が五つできる。この五つの部品をうまく組み合わせて、すべての外箱に中箱がおさまれば正解というものである。オスカー・ボックスというパズルだと、利明が解説した。

タグが早速夢中でとりかかるのを確認して、利明は隅に隠してあったタイマーを取り出した。彼は高之の身体の陰で、針金を使ってタイマーの端子を繋ぎ、時間をセットした。

「よし、これでコンセントに差しこめばオーケーだ」

利明は頷くと、パズルに熱中しているタグにいった。「トイレに行かせてくれないか」

彼の顔が不機嫌に歪《ゆが》んだ。「見張りがいない。我慢しろ」

「無理いわないでくれよ。さっきみたいに全員を連れていけばいいじゃないか」

彼がさらにいうと、タグはうんざりした顔をしながら、片手にライフル、もう片手にパズルを持って腰を上げた。意外に素直なのは玩具を与えてもらったからかもしれない。

トイレは唯一見張りから解放される場所だ。タグも中には入っていかず、高之たち三人を見張りながら、ドアの前で利明を待った。

彼が出てくると、入れ替わりに高之も中に入った。洗面台を見ると、ドライヤーなどを使うためのコンセントに、例のタイマーのコードが差しこまれていた。タイマーの本体は、戸棚の中に収められて見えないようになっている。

用を足して外に出ると、タグがパズルをいじりながら、「遅いな」とぼやいた。

ラウンジに戻る時、「七時ちょうどだ」と利明が呟いた。高之は壁の時計を見た。現在六時過ぎだから、約一時間後に停電するわけだ。掌にじんわりと汗が出た。

やがて厨房からジンや女性たちが出てきた。

「何だよ、それは？　どういう遊びだ」

マッチ箱相手に悪戦苦闘している相棒を見て、ジンは訊いた。タグが説明すると、

「ふうん……まあいいけど、あまりつまらないものに熱中するなよ。それがこいつらの狙いかもしれないんだからな」

さすがに用心深く釘をさした。

「まあとにかく腹ごしらえだ。もっと贅沢なメニューをお望みだろうが、いろいろと事情があるんでね」

ジンに促されて、男たちも食堂に入った。テーブルの上に載っているのは、肉と野菜を妙めただけの代物だ。それからスープとパン。巨大なステーキを二枚載せた皿と、一枚載せた皿が、ラウンジのチェステーブルに運ばれたが、ジンとタグの分らしい。

高之はテーブルについた。隣は下条玲子だった。彼はまず例の『ＳＯＳ』が消されていたことを教えた。冷静な彼女も驚いたようだ。

「消されていた？　誰に、でしょう」

「それはわからない。でもあの連中ではないと思います」

ステーキの焼き方などに文句をつけているジンたちを見て、高之はいった。

「彼等でないとしたら、いったい誰がそんなことをする必要があるんでしょう」

「わかりません。それはともかく、じつは新たな仕掛けを施したのです」

高之はタイマーで七時ちょうどに停電になることを玲子に教えた。彼女は真剣な目をして頷き、「わかりました」と答えた。

木戸や利明らも女性たちに計画を話しているらしい。食卓の空気が、さらに緊迫したものになったようだ。

黙々と食事が進んだが、強盗の二人を除いては、皆食べているものの味すらわからなかっただろう。食べる量が極端に少なく、おそらく無意識のことだろうが、しきりに時計を見るのだった。緊張からか、何人かが手洗いに立ち、そのたびにタグが面倒臭そうに同行した。

そして七時が近づいてきた。

高之は頭の中で作戦を練っていた。窓や出入口は針金で固定してあるので、そう簡単には逃げられない。窓ガラスを割る手もあるが、危険だろう。

――厨房に逃げこんで内側からドアを固定するか。あるいは真正面から奴らにかかっていくか。

しかし相手は銃を持っている。逆上して発砲したりしたら大変だ。よし、ここは厨房に皆を誘導することにしようと高之は決めた。

気がつくと、誰もが、フォークもナイフも置いていた。すぐにでも行動を起こせる体勢を作っている。これならうまくいきそうだ。

だが七時を過ぎても停電にはならなかった。タイマーの時刻が少し狂っているのかと思ったが、十分以上過ぎても何も起こらなかった。

「ちょっと失礼」

伸彦が立ち上がって手洗いに向かった。

「おい、勝手に行くな」

珍しくジンが見張りに行った。

数分で戻ってきた伸彦は、硬い表情をしていた。しばらく何もいわなかったが、やがて利明に何か囁いた。その内容は阿川桂子を経由して伝わってきた。

タイマーが壊されている――伸彦はこういったのだった。

4

裏切りものがいる——。

ラウンジの一番端に腰を下ろして皆のようすを見ながら、高之は心の中で呟いた。なぜそんなことをするのか理由はわからない。とにかくこの中の誰かが、この事件が解決するのを阻止しようとしているのだ。

あの後、高之も隙を見てタイマーの状態を確かめにいった。伸彦がいうように、タイマーのコードは引き抜かれ切断されていた。つまり修理しないかぎり使えないわけだ。停止している時刻を見ると、六時三十四分になっていた。

その頃に席を立ったのは誰だったか。残念ながらそれを思い出せなかった。

高之が頭を抱えた時だ。突然電話が鳴りだした。やや虚脱状態だった人質たちが、電気ショックを受けたような反応を示した。

電話台はラウンジと食堂の仕切りを兼ねた棚の上にある。ジンは鋭い目でそれを見つめ、続いて厚子に銃を向けた。

「出るんだ。変なことをしゃべるなよ」

厚子は頼りない足取りで電話に近づくと、大きく深呼吸してから受話器を上げた。

「はい、森崎でございます。……ああ、はい。いつもお世話になっております。少々お待ちくださいませ」

彼女は送話口を塞いで夫を振り返った。

「あなた、石黒さん。緊急の用ですって」

「うちの専務だ」と伸彦はジンに説明した。

「よし。出ろ。なるべく早く切るんだ」

伸彦は立ち上がり、厚子から受話器を受け取った。

「私だ。何かあったのかね。……うん……ああ、そのことか。ちょっと待ってくれ」

彼はジンを見た。「仕事のことで尋ねられている。部屋に置いてある書類を見なければ答えられないのだが」

「明日、電話するといえ」

「それはだめだ。緊急を要することなんだ。答えないと却って不自然だ」

「仕方ないな」

ジンは相棒を振り返った。タグは傍らにビール瓶を置き、例のパズルで試行錯誤を繰り返して挫折しては飲んでいる。よほどビールが好きなのか、今朝から何本飲んでいるかわからなかった。

「よし、二階に行って電話の続きをしな。タグ、こいつの見張りを頼む。少しでも変なことをいったら、電話を切るんだ」

「わかった」

タグは片手でビールの大瓶を二本持ち、伸彦をライフルで威嚇しながら階段を上がっていった。

上と下で親子電話になっているので、ジンはしばらく電話の内容を盗み聞きしていた。しかし大して面白い話でもないのか、退屈そうにしている。伸彦がこの現状を相手に伝えられずにいるのは確実のようだった。

「世の中にはでかい金を稼ぐ人間がいるんだな」

受話器を置いてからジンがしみじみといった。「俺たちが命賭けで盗んだような金を、コンビニでカップラーメンでも買うみたいに使いやがる。いったいどこからこういう差が出るものかねえ」

彼は高之の前にやってきた。「あんた、あの旦那の部下なのかい？」

「いや、違う。仕事の関係で世話になってはいるが」

「ふうん」といってジンはじろじろと眺めた。「惜しかったよなあ。もし死んだ娘と結婚していたら、あんたの仕事は、最高にうまくいってたんだろうな」

「そういうふうには考えないようにしている」

高之が答えると、ジンは吹きだした。

「考えないようにったって、つい考えるんじゃないのか、ふつう。社長令嬢と結婚するわけだぜ」

自分の気持ちがこんな男にわかるわけがない。高之は横を向いた。

「なあ、答えてくれよ」とジンはいった。「その娘が死んじまってさ、どっちがあんたにとって惜しかったんだ。女の命かい？　それとも財産かい？」

激しい怒りがこみあげてくるのを高之は感じた。そういう感情が残っていることに彼自身が驚いたほどだった。

「今度そういうことをいったら」と彼はジンを上目遣いに見た。「あんたの首を締める。撃たれてもだ」

ジンは一瞬たじろいだ顔になり、それからにやにやと笑いだした。嫌味のひとつでもいうかと思ったが、そのまま黙って下がっていった。

その直後に伸彦とタグが下りてきた。

それから少しの間は何事も起こらなかったが、三十分ほどしてから状況に大きな影響を与える変化があった。

タグのようすがおかしくなったのだ。

ものすごい勢いでビールを飲んでいた彼が、生欠伸《あくび》を連発するようになった。目をしょぼしょぼさせ、瞼を重そうにしている。がくっと身体を崩しかけた時、そばにいたジンが相棒の異変に気づいた。

「おいタグ、どうしたんだ」

彼は駆け足で階段を下りてきた。だがまるでそれが合図だったように、タグは床に寝転がってしまった。そして規則的な寝息をたて始めた。「おい、しっかりしろ」ジンはあわててタグの身体を揺すった。しかし彼は起きそうにない。トドのように巨大な体軀を横たえたままだ。

「あれだけ飲めばな」

利明がぽつりといった。だがジンは振り返ると、ものすごい形相で近づいてきた。

「タグの腹は底無しだ。あれっぽっちのビールで酔ったりしない。そのあいつが眠っちまったってことは、おまえたちが何か飲ませたからに違いない。ビールに何か入れたんだろう？」

「あたしは知らないわ」

阿川桂子が首をふった。彼女がビールを運んでいたのを、高之は覚えている。

「おい、タグ。起きろ。起きろっていってるのがわからねえのか」

ジンはタグの脇腹のあたりを蹴った。だが本人は幸福そうに寝息をたてている。

「くそっ、やってくれたな」

ジンはピストルを高之たちに向けた。「こんなことで俺が参ると思ったら大間違いだぜ。朝まで徹夜で見張るぐらい、何でもないことさ」

苛立たしそうに歩き回るジンを見て、一体誰がタグに睡眠薬を飲ませたのだろうと高之は考えていた。覚えているかぎりでは、誰にもそんなチャンスはなかったはずなのだ。しかしタグのようすを見ると、たしかに何かを飲まされたとしか思えなかった。

時間が経ち夜がふけてくると、ジンの焦燥は目に見えて明らかになってきた。たった一人で人質全員を見張るというのは不可能だ。

「取引を提案したい」

伸彦が満を持してという感じで口を開いた。ジンは脂ぎった顔に狼狽を浮かべた。

「何だ?」

「皆を各自の部屋に戻してほしい」

ジンは口の端を曲げた。「本気かい？」

「本気だ。その代わり私を人質にすればいい。私はここに残ろう」

「それぞれが自分の部屋に籠もっちまったら、何をしているか全然わからねえ」

「何をしてたっていいじゃないか。まさか大声で助けを呼んだりはしないさ」

「窓から逃げだされたらかなわない」

「窓の高さを考えてみたまえ。どうやって逃げ出すというのかね」

「だからといって安心はできないな」

「しかし君一人で、全員を朝まで見張り続けるというのは無理だろう。各自を部屋に入れてしまえば、君はここから部屋のドアだけ見張っていればいい。トイレは各部屋にあるから、出入りする必要はないはずだ」

伸彦の案を聞いて、ジンはしばらく考えこんだ。彼としても、今の状態を続けるのが苦しいということはわかっているはずだった。

「心配なら、窓に鍵をかければいいじゃないか」

利明がいった。ジンが訝《いぶか》しげに彼を見た。「鍵？」

「窓は二重になっていて、外扉は内側から小さなカンヌキを下ろすようになっている。そのカンヌキには小さな穴があいていて、錠前をつければ施錠することもできるはずだ。ふだんはそんなもの必要ないから、ついていないがな」

利明がいった意味をジンは考えていたようだが、「肝心の錠前がなければ仕方がない」といった。

「それなら問題ない。物置に南京錠の五つや六つは転がっているはずだ。戸締まり用にと思って、以前まとめ買いしたことがあるんだ」

それでもジンは、この提案のどこかに落とし穴があるのではないかと疑っているようだった。息を荒くして、伸彦と利明の顔を交互に眺めている。

「わかった」とジンはいった。「そのアイデアに乗ろうじゃねえか。物置はどこだ」

「ボイラー室の隣だ」と伸彦がいった。

「よし、全員立つんだ」

彼に命じられて、高之たちは立ち上がった。

全員を連れて物置に行くと、ジンは利明に南京錠を探し出させた。錠は全部で七つあり、どれも皆ケースに入ったままの新品だった。

「そのまま階段を上がれ、ゆっくりとだ」

二階に行くと、まず雪絵の部屋に入った。外扉を閉め、カンヌキを下ろした後に施錠する。鍵は二つ付いていたが、両方ともジンが自分のポケットに入れた。

「シャワーでも浴びて、ゆっくり休むんだな」

雪絵を部屋に残してドアを閉める時、ジンは久しぶりに余裕のある口ぶりをした。とりあえず見張りから逃れられるからか、雪絵はさすがに安堵した顔をしていた。高之と目が合うと、長い睫を伏せて頷いた。

阿川桂子、下条玲子の順で、同じように部屋に閉じこめていった。そして次が厚子という時、

「この部屋に入るのは、あんただよ」

ジンは仲彦にいった。「奥さんは俺とラウンジにいてもらう」

「妻は身体が弱っている。人質なら、私にしてくれ」

「見るからに体力がありそうなあんたを人質にするほど、俺もお人好しじゃねえよ。一番弱いものを握られていれば、あんたたちは何もできない。そうだろ？」

残念ながらその通りだった。仲彦も無念そうに口を閉ざしている。

「いいのよ、あなた。あたしなら大丈夫」

厚子がぎごちない微笑みを浮かべた。

「厚子……」

「さあ、奥さんの承諾が出たところで、御主人には消えてもらおうか。おっとその前

に」ジンは部屋の中を指差した。「この部屋には電話があるんだったな。取り外して、こっちにもらおうか」

仲彦は諦めたようなため息をつくと、いわれた通りにした。

「下の電話は繋いでおくから、緊急の連絡が入ったら教えてやるよ。電話したのに誰も出ないんじゃ怪しまれるからな」

このあと木戸と利明を部屋に入れ、一番最後が高之ということになった。

「おやすみなさい。高之さん」

ただ一人、人質として夜を明かさなければならない厚子が、優しい声をかけてきた。

「寒くはないですか」と彼は訊いた。

「ええ、大丈夫」

「心配しなくても、風邪をひかしたりしねえよ」

「そう願いたいね」

ジンをひと睨みした後、おやすみなさいと厚子にいった。

見かけはそれほどでもないが、取りつけられた南京錠は意外に頑丈な代物だった。

高之は両手で持って引っ張ったり揺すったりしてみたが、少しの緩みもない。

高之はすぐに諦めて窓から離れた。仮に錠を何とかできたとしても、窓の外から脱出する気はなかった。

ベッドに横になると、今日起こったいくつかのことを考えてみた。下条玲子が書いた『SOS』は、なぜ消されていたのか。せっかく仕組んだ停電の仕掛けが、なぜ壊されていたのか。

どちらもジンたちの仕業ではない。彼等なら大騒ぎするだろう。

人質の中に裏切った者がいるということなのだ。しかしなぜそんなことをする必要があるのか。

強盗がこの別荘に居座り続けることに、何かメリットがあるのだろうか。

それはどういうメリットだ？

強盗がいることで、根本的に何が変わるか？

そこまで考えた時、閃《ひらめ》くことが一つだけあった。それは強盗がいる限り、誰もこの別荘からは出られないということだった。では裏切り者の目的は、そこにあるのだろうか。

不吉な予感がし、何か明確なものが見えかけたような気がした。

だがそこまでだった。やがて高之は猛烈な眠気を感じ始めた。あまりにも長時間に亘《わた》って緊張が続くので、神経がくたびれているに違いなかった。

やや足をふらつかせながら洗面所に行き、脂でべとついた顔を洗うと、高之は服も着替えずにベッドに倒れこんだ。

5

突然太鼓の音が響いた。夏祭りが始まった。太鼓の音と思ったのは、打ち上げ花火だった。赤や青の光の玉が暗闇の中で広がる。高之は少年のように走りまわり、空に飛び上がって花火を間近に見た――。

ゆっくりと目を開くと、灰色の天井が視界に広がった。現在の状況を咄嗟《とっさ》には把握できず、数秒たってから、森崎家の別荘にいることを思い出した。

ああ、そうだ、と思った。自分は今強盗たちに監禁されているのだ。

気がつくとドアが激しく叩かれていた。花火の音と思ったのは、これらしい。起きていってドアを開くと、ジンの赤い目がすぐ前にあった。

「よく眠れたようだな」

彼はいまいましそうにいった。「こっちは一睡もせずだぜ」

「それはどうも」

頭が働かず、間の抜けた返事をした。彼が眠れなくても、知ったことではない。

「下におりるんだ。顔を洗って、さっぱりさせてからな」

「またラウンジで睨めっこか」

「文句いうなよ」

ジンはピストルを突きだした。その銃口も、最初に見た時よりは威圧感を失っていた。見慣れるとはこういうことなのだ。

いわれたとおり顔を洗って下りていくと、ほかの者もおきていた。厚子は伸彦に抱きかかえられて目を閉じている。強盗犯と二人っきりで夜を明かして、憔悴しきったのだろう。

大男のタグも起きていた。こちらはたっぷり眠ったらしく、ライフルを持ったまま体操のようなことをしていた。

「一人足りないな」

階段の上からジンがいった。

「雪絵さんがいないわ」と桂子がいった。

「あの美人のお嬢さまか」

ジンは廊下を歩くと、雪絵の部屋のドアを叩いた。「お嬢さん育ちで朝が弱いのかもしれねえが、早いとこ頼むぜ。ほかの連中は揃ってるんだ」

そのあとも彼はドアを叩いていたが、やがて階段まで戻ってきた。

「タグちょっと来てくれ。返事がない。もしかしたら逃げられたかもしれねえぞ」

「雪絵さんが？」

タグよりも先に木戸が立ち上がった。

「あんたらはじっとしてな」

ジンが上からいったが、木戸はそれを聞かなかった。タグに続いて階段を上がっていく。高之や利明たちもそれに続いた。

タグがドアのノブに手をかけたが、鍵がかかっていて開かなかった。タグは迷わず、体当たりを始めた。二度当たった時、ドアは開いた。

「雪絵さん……ああっ」

タグに続いて飛びこんだ木戸が絶叫した。高之もその後ろから彼女の姿を見て、立ち竦《すく》んだ。

雪絵はベッドにいた。しかしその背中にはナイフが刺さり、血が滲《にじ》んでいた。

第四幕――惨劇

1

「動くなっ、全員そのままじっとしてろ。いいか、一歩も動くんじゃねえぞ」

ジンはピストルを振り回し、悲鳴に似た声を上げながら部屋に入ってきた。動くなといわれなくても、誰もが皆立ち竦んだままだった。高之も一瞬どういう事態になっているのか頭に入ってこず、ぼんやりと突き刺さったナイフを見つめていた。

「雪絵さん、ああ、雪絵さん……どうして、こんなこと……ああ」

木戸は床に膝をつき、頭を掻きむしった。その彼の脇腹をジンは蹴った。

「うるせえ、静かにしろ」

木戸は呻いて横に倒れた。

ジンは荒い息のまま、銃で人質を威嚇しながら足の裏をすらせるようにしてベッドに近づいた。大男のタグは目を剝《む》いて、壁に貼りついている。

雪絵はうつ伏せになり、枕に顔の半分をうずめていた。向こうをむいているので、高之たちからは顔が見えない。ジンは頰をぴくぴくとひきつらせて、雪絵の顔を覗《のぞ》きこんだ。彼がごくりと唾を飲むのが、その喉の動きからわかった。

「おい」と上ずった声でジンは木戸を呼んだ。「あんたはたしか医者だったな」

木戸は呆けたような顔を上げた。

「こっちへ来て、ちょっと診てくれ。何とか助からないか」

ジンの命令に、木戸はふらふらと立ち上がった。そしてベッドに近づいて雪絵の手をとったが、見分らしきものをする前に、

「ああ、ひどいことだ。雪絵さんがこんなことになるなんて」

顔を歪めて泣きだした。そのようすに苛立ったジンが怒鳴った。

「めそめそしてねえで、早く何とかしろ。医者なんだろ。死体なんか見馴れてんだろ」

罵倒され、木戸は顔をくしゃくしゃにしたまま雪絵の脈をとった。そして近くのスタンドの灯りを使って瞳孔を調べた。

「どうだ、助かるのか」

ジンが訊《き》いたが、木戸はぼんやりと立って雪絵を見下ろしているだけだった。だがもう一度ジンが、「おい」と声をかけた時、彼は獣のような叫びを上げながらジンに襲いかかった。

「うわっ、何だ、てめえ。何をしやがる」

木戸にむしゃぶりつかれてジンが喚いたが、すぐにタグが木戸の首をわし摑みにすると、そのまま壁に叩きつけた。木戸は壁をずり落ちるように崩れたが、振り返るとジンを見上げていった。

「おまえだ。おまえが雪絵さんを殺したんだ。そうだろう」

「何だと、何をいいやがる」

ジンは木戸の体を二度三度と蹴った。それで木戸はおとなしくなったが、すすり泣く声はおさまらなかった。

木戸の行動に、高之は夢から醒めたような気分になった。これは現実なのだ。あの雪絵が誰かに殺された。もう生きかえらない。

「いったい誰だ?」

ジンは高之たちに銃を向けた。「誰がこの女を殺したんだ。正直にいえ」

人質たちはお互いの顔を見合わせた。それは自分たちの中に犯人がいる可能性を認めた行動にほかならなかった。たしかにこの状況では、外部からの侵入者による犯行とは考えられなかった。

「本当に……本当に雪絵さんは死んでいるのかね」

最初に声を発したのは伸彦だった。木戸が壊れた人形のように頷いた。

「ああ、何ということ……」

厚子が夫の胸に倒れかかった。「ここへ招待しなければ、雪絵さんを呼ばなければこんなことにはならなかったのに……。一正たちに何と……何といって詫びればいいの」

「うるさい、いらいらするから泣きわめくな。そんな場合じゃねえだろう」

ジンがいったが、高之は一歩前に出ると小男を睨《にら》んだ。

「おまえがやったんじゃないのか」

ジンの顔に、一瞬怯《おび》えの色が浮かんだ。「俺じゃない」

「おまえでなければ誰なんだ。夜中に忍びこんで、彼女の身体を奪おうとしたんじゃないのか」

「俺がそんなことするはずがないだろ」

「とぼけるな」

高之は小男に襲いかかろうとした。が、その直前に後ろから誰かに羽交《はが》い締めにされた。どうやら利明のようだった。

「取り乱すな。相手がピストルを持っていることを忘れたのか」

「離してください」

「落ち着くんだ。こいつらがやったかどうか、ちょっと調べればすぐにわかるさ」

「しかし……」

高之はもがいたが、利明の力は意外に強かった。それに彼のいうのも道理だった。この男を殴るのは、真相をはっきりさせてからでも遅くはない。

「わかりました。この男がやったということを、明らかにしてやりましょう」

高之がいうと、その声から冷静になったことを確認したのか、利明は力を抜いた。高之は爪が掌にくいこむほど拳を強く握りしめ、奥歯を嚙んだ。

「何か勘違いしているんじゃねえか」

ジンは憎しみのこもった目で高之を見た。

「俺がこの女の身体を欲しがったとしても、なんで殺さなきゃならないんだ。暴れたからか？　暴れたら、横っ面のひとつも叩きゃいい。騒いだからか？　騒がれて何が困る？　あんたらに聞かれたって、どうってことないさ」

「我々に聞かれても平気だろうが、外にまで漏れるのはまずいんじゃないか。外にはパトロール中の警官がいるかもしれないからな。黙らせようとして威すつもりが、過って殺したということも考えられる」

伸彦がいった。気持ちの昂ぶりを抑えようとしているのがわかる。

「おい、おい。本気でいっているのかい」

「無論本気だ。この状況から見て、罪もない雪絵さんを殺すといえば、君たち二人以外に考えられないじゃないか」

二人、といわれたのが気に入らなかったらしく、タグがものすごい形相をした。

「俺は何もしてない」

「俺だって何もしてねえよ。殺したのは、こいつらの中の誰かだ」

「我々の中に、人殺しの出来る人間などいない」

「そんなことといったって、事実こうして殺されてるじゃないか。誓っていうが、俺じゃないぜ」

「そんなはずはない」

「そうなんだから、仕方ねえだろう。まあ、こんなところでいい争ってても仕方がな

格好をしていたからだ。

い。とにかく全員外に出ろ。——おい、そこで何をしてるんだ」

ジンが大声を出したのは、阿川桂子が腰をかがめて、ベッドの下を覗きこむような格好をしていたからだ。

「何か落ちてるわ」と彼女はいった。

ジンはベッドの反対側に回ると、何かを拾い上げた。白い表紙の本のようなものだ。

「日記帳だ」と彼はいった。「これを書いている途中で殺されたらしいな」

「よく見た方がいいわ。犯人の名前が書いてあるかもしれない」

阿川桂子が、さすがに作家らしい思いつきを述べた。

「いわれなくても、ゆっくり見せてもらうさ。さあ、早く部屋から出るんだ」

ジンにいわれて高之たちは部屋を出た。しゃがみこんでいた木戸もようやく腰を上げた。彼のようすから、本当に雪絵のことを愛していたようだなと高之は思った。

全員が出ると、最後にタグがドアを閉めた。鍵は半自動ロックで、内側のノブの中央にあるボタンを押してドアを閉めれば施錠できるものだが、先程の体当りで壊れていた。

ラウンジで七人の人質と、二人の強盗犯が顔を合わせた。高之たちはベランダを背にしてソファに座り、ジンたちはチェステーブルに腰かけた。

「頼むぜ、白状してくれよ」

ジンが皆の顔を順番に眺めていった。「誰がやったんだ。とにかくこの中にいるはずなんだからな。ごまかそうたって、そうはいかないぜ」

「何をふざけたことをいってるんだ」

木戸が両腕の中に顔をうずめていった。「自分たちがやったくせに」

「俺は知らない」

自分たち、と複数形でいわれたのが気に障ったらしく、タグはむきになっていった。「俺はずっと寝てたんだ」

「ああ、それはわかってるよ」とジンがタグに向かっていった。「おまえは寝てた。この肝心な時にさ。俺が徹夜で見張りをしていたっていうのに、すぐ横で高いびきだ。おかげでこれ以上厄介なことはないっていうぐらい、話がこんがらがっちまったぜ」

「俺は関係ない」とタグはしつこく繰り返した。「寝てたんだ」

それ以上文句をいう気が失せたのか、ジンはいい返さずに頭を掻きむしった。

「厚子、君は一晩中眠らなかったのかい？」

伸彦が妻に尋ねた。彼女は曖昧《あいまい》な首の動かし方をした。

「きちんと眠った覚えはないわ。でも時々うつらうつらしていたような気がする」

「そういうのは案外眠っているものなんだよ」と利明がいった。「だからお母さんが眠っている間に、欲情を感じた誰かさんが、目をつけていた女性の部屋に忍んだってことはありうる」

「おい、冗談はよせよ」

ジンが顔色を変えて利明に詰め寄った。

「こっちだって命がけでこういうことをやってるんだ。こんな時には、女を抱きたいっていう気持ち程度は抑えられるぜ」

「そんなこと、信用できるものか」

木戸が涙で汚れた顔を上げていった。「昨日だって、雪絵さんを部屋に連れこもうとしたじゃないか。あの時はやめたけど、まだいくらでもチャンスがあるみたいなことをいってた。忘れたとはいわさないぞ」

「忘れてないが、状況が違う。いいか、昨夜は俺ひとりで見張ってたんだぜ。もし女を抱いてる時に、誰かが気づいてみろ。こっそりと警察に連絡されて、それで一巻の終わりさ。そんなヤバイことを、俺がすると思うのか」

「おまえたちのいうことなんか、あてになるものか」

木戸は再びうつむいた。ジンは大袈裟にため息をついた。

「おい、肝心なことを忘れてるんじゃないか。あんたたちもそうだったと思うが、あの女だって部屋には鍵をかけてたはずなんだ。それなのにどうやって中に入れるんだよ」

「どうせ威したんだろう」

「どういって威すんだ？　開けなきゃ殺す、か？　そんなことをいったら、あの女はますます怖がって開けないさ。そうして声を出されて、あんたらが起きてくる。そうなるのがオチじゃねえか」

「それは……」

木戸が言葉に詰まったのは、相手のいうことが妥当だと認めざるをえなかったからだろう。高之も考えこんだ。雪絵がドアの鍵をかけなかったとは思えない。では犯人はどうやって室内に入れたのか。

「俺にいわせれば、部屋に入れるのは親しい人間だけだぜ。そういう者がドアを開けてくれっていったら、信用して開けるだろうからな。要するに怪しいのはあんたたちの方だってことさ」

「何をいうんだ。妙なことをいうな」と伸彦が声を荒らげた。

「妙なことか？　俺はそうは思わないぜ。少しは頭を冷やして考えろよ」

ジンは自分のこめかみを指でつついた。

「いやあんたたちだってわかってるはずだ。いくら何でもこんな状況で、俺が女の部屋に忍んでいったりはしないだろうってことはな。うとうとしていたからって、こちらの御婦人が全く気づかないなんてことはありえない。そのほかにも、俺が犯人だと考えたら厄介な矛盾がぞろぞろ出てくることを知っている。だけどあんたたちは何とかそういう現実からは目をそらして、俺たちを疑うふりをしていたい。俺たちを疑っている間は、そっちの人間関係は安泰だからだ。しかしさ、そういう芝居を続けるにも限度ってものがあるぜ」

そして彼はひと呼吸置いて続けた。「思っていることを口に出すのが怖いみたいだから、俺が代わりにいってやってるんだ。あんたたちは皆善人面をしているが、誰か一人は仮面をかぶっている。あの女を殺したのは、あんたたちの中の誰かなんだ」

ジンは一人一人を端から順に指で差していった。彼の語気に圧《お》されたのか、いっとき人質たちは沈黙した。

残念ながら彼のいうとおりだ、と高之も思った。どんなことがあっても、身内を疑うのは後回しにしたい。だから少々論理に無理があっても、ジンたちを攻撃していたいのだ。だが彼のいうように、落ち着いて考えれば彼等が犯人でないことは明白だった。

「ここからだと、殆《ほとん》ど全ての部屋を眺めることができますわね」

重い空気の中、下条玲子が感情を抑制した声でいった。彼女は斜め上方の二階の廊下を見上げている。自然、ほかの者も彼女に倣《なら》った。

「見えないのは、一番端の雪絵さんの部屋だけですわ」

吹抜けになっているのはラウンジの上だけで、食堂や厨房の上にはビリヤードや麻雀用の遊技室を作ってある。その部屋が邪魔になって、雪絵の部屋だけは見通せないのだ。

「ということは、誰かが自分の部屋を出て雪絵さんの部屋に入ろうとした場合、廊下を歩いているところを必ずここにいる人間に見られるということになりますね」

ここでいう『誰か』とは、人質になっている者のことを指している。ジンの指摘に従い、下条玲子は身内に犯人がいる可能性を検討し始めたようだ。だがそれについて反発する者はいなかった。

「それはその通りだ。だが君は何も見なかったのだろう」

玲子の問題提起を受けて、伸彦が厚子に訊いた。

「ええ、でも」と彼女は自信のない顔つきになった。「さっきもいいましたけど、何度かうとうとしましたから。その時なら気づかなかったかもしれません」

「あんたはどうなんだい」と利明がジンにいった。

「誰かが部屋を出るような真似をしたら、俺が黙っているわけねえだろ」

分かりきったことを訊くなという顔をジンはした。だがふと思いだす目になって、

「だけどあれだな。俺が便所に行ってる間なら隙はあっただろうな」

「トイレにいったのか」

「どうしても我慢できなかったからな。まあ人質がいることだし、あんたたちにも短時間じゃ何もできんだろうと思ってね。ただその隙に警察に連絡されちゃまずいからな、電話機は取り外して便所まで持っていった。なかなか大変だったぜ」

惜しいことをしたと高之は思った。そういう隙ができるとわかっていたら、一晩中でも見張っていたところなのだ。

「手洗いの時、家内はどうしてたんだ」と伸彦が訊いた。

「当然一緒に連れていったさ。仕方ねえだろ。まあここの便所は広いんで助かったけどな。奥さんは俺の小便の音を聞いたはずだぜ」

　ジンは蛇のように舌をちょろちょろ覗かせて笑った。厚子は顔を伏せ、伸彦は不快さに耐えかねたように横を向いた。

「あんたが手洗いに立ったのは、何時頃だ」と高之は訊いてみた。

「ええと、あれは明け方の五時頃だったかな」

　ジンは厚子に同意を求めた。「ええ、たしか」と彼女も答えた。

「そのほかにここを立ったことは？」

「ないね。奥さんが一晩中、手洗いにいきたいとはいわなかったものでね。育ちが違うと、下の方まで上品になるらしいや」

　高之はジンの下品な台詞《せりふ》については、もう無視することにした。

「するとその時しか考えられませんね。もし誰かが自分の部屋を出て、雪絵さんを殺しにいったのだとしたら、ですが」

　下条玲子の意見に高之も同感だった。おそらく犯人はドアを薄く開けて、ジンが隙を見せる時を待ち続けていたのだ。

「考えられない。一体誰が彼女を殺そうなどと考えるのか」

　伸彦は苦渋を浮かべた。「しかもこんな時に、だ」

「それは全くこっちの台詞《せりふ》だぜ」

ジンは床をどんと踏み鳴らした。「よりによってこんな時に、どうして人殺しなんて考えやがる。どういう恨みつらみがあるのかは知らないが、こういうことは俺たちが消えてからにしてくれ」

「木戸さん、雪絵さんが自殺したということは考えられませんか」

厚子が彼に尋ねたのは、医者なら違う見方をするかもしれないと期待したのかもしれない。だがあれが自殺でないことは自分にだって分かると高之は思った。

「雪絵さんは背中を刺されていました。自分であの位置に刺すことは無理だと思います」

木戸は高之が予想した通りの答え方をした。厚子は落胆したようだ。自殺の可能性が少しでもあれば、とりあえず誰をも疑わないという立場をとることもできる。

「あのナイフはどういうものなんですか」と高之は厚子に訊いた。

「見たことのないものです」と彼女は答えた。「果物ナイフのようでしたわね。雪絵さんが持ってきたものじゃないかしら」

「それは考えにくいと思います。犯人が用意したものだと考えるほうが、納得しやすいですわ。何の凶器も持たずに、殺しにいくはずがないですから」

阿川桂子が目線を宙に漂わせながらいった。犯人の行動を、頭の中で思い描いているのかもしれない。

「こういう時、解剖なり何なりをすれば、ある程度手掛かりが摑めるのだろうね」

伸彦が木戸に訊く。木戸は頷いた。

「死亡時刻だとか死因なんかはわかります。だからなるべく早く解剖した方がいいのです」

「だろうね……」

「俺たちがいなくなったら、どうせ警察に連絡するんだろう」とジンはいった。「そうすれば連中が死体を持っていって、解剖でも何でもしてくれるさ。鑑識もやってきてさ、指紋だとかを調べるだろうよ。そうすれば案外簡単にわかるかもな。起きちまったことは仕方がないが、これ以上のごたごたは頼むから俺たちがここを出てからにしてくれ」

『頼むから』という言葉には、この突然の出来事に弱っているジンの心境がこめられていた。

「もう一度訊くが」と利明はジンたちにいった。「本当にあんたたちがやったんじゃないんだな」

「違うよ」とジンは答えた。「俺たちがやったんじゃない。あの女を殺したのは、あんたちの中の誰かだ。俺たちがやったのなら、はっきりそういう。隠す必要はない」

人質たちは黙りこんだ。ジンの言葉が嘘でないことを、皆が認めたのだろう。つまりこれから疑うべき相手は、今まで信用してきた身内なのだ。

あまりに重い空気に皆が頭《こうべ》を垂れた時、

「腹が減った」

とタグがいった。

ジンは舌を鳴らした。「よくこんな時に腹が減るものだな」

「昨夜から何も食ってない。減るのがあたりまえだ」

やれやれといった調子でジンは厚子の前に立った。

「聞いただろ。何か作ってくれ。簡単なものでいいが、量だけはたっぷりな」

厚子は何もいわず、身体をだるそうにして立ち上がった。阿川桂子と下条玲子の二人もそれに倣《なら》った。

「私はいらないよ。何も食べる気になれない」

仲彦がいうと、

「僕も御遠慮します。こんな時に喉を通るわけがない」と木戸。

「俺も同感だが、何か食べないと身体がもたないという気もする。サンドウィッチでも作って、そのへんに置いてくれないか」

利明の提案に厚子は頷《うなず》いた。

例によってジンと女性たちが厨房に入った。タグはたっぷり寝たのか、目をぎらぎらさせて男たちを見張っている。この調子では、前のように内緒話を交わすこともできそうにない。いやそれ以前に交わす気分ではなかった。犯人ではない者全てが、自分以外の人間に疑いの目を向けているのだから。

ぎとぎとと脂ぎったタグの顔を見ながら、昨夜この男が突然眠りこけたことを高之は思いだした。ジンがいったように、睡眠薬を飲まされたとしか思えないような状態だった。

もしかしたら、と高之は考える。犯人は雪絵を殺す準備として、タグに睡眠薬を飲ませたのではないか。ジン一人になれば、全員を見張り続けるのは困難になる。当然犯行のチャンスも生まれてくる。

それに例の裏切りのことだ。

人質の中に裏切り者がいることを、高之は今まで二度の経験から気づいている。一度目は例のＳＯＳの文字が消されたこと、二度目は停電を起こす作戦を邪魔されたことだ。

その裏切り者が雪絵を殺した犯人である可能性は高いと、高之は思った。あの二度にわたる妨害は、すべて雪絵を殺すための伏線なのだ。

ジンとタグがここにいる限り、仮に殺人事件が起きてもすぐに警察には連絡できない。犯人逮捕の手掛かりは、時間がたてばたつほど少なくなっていく。そして彼等が逃走した後は、雪絵殺しの罪をも彼等になすりつけてしまえばいいのだ。

犯人がいつそこまで計画したかは不明だが、とにかく強盗がやってきたことで、その状況を利用しようと考えたに違いない。

やはり犯人はジンやタグではない、と高之は確信した。森崎夫妻、森崎利明、阿川桂子、下条玲子、木戸信夫――この六人の中にいるのだ。

軽率には何もしゃべれない雰囲気だった。その中で木戸が、今も涙混じりの声で呟《つぶや》き始めた。

「ああ、何てことだ。よりによってあの人が殺されるなんて。やっぱりこんな別荘に来るんじゃなかった。二人で海へドライブにでも出かければよかったんだ」

この呟きは、別荘に招待した伸彦たちを責めているようにとれた。そのせいか伸彦は両目をきつく閉じて、微動だにしない。代わりに利明がいった。

「彼女がこの別荘に来るのは毎年のことだぜ。それにあんたがくっついて来ただけじゃないか」

「だからよけいにくやしいんですよ。僕がついていながらこんなことになってしまって、御両親に何とお詫びすればいいのか」

「あんたが詫びる必要はない。あんたは雪絵さんの保護者でも何でもないんだろ。婚約者気取りだが、彼女の方は全くそういう気はなかったらしいからな」

利明は木戸の神経をわざと逆なでしているようだ。険悪な空気が、お互いに気遣いをなくさせていた。

「家を出る時、御両親から彼女のことをよろしくといわれたのです。僕を信じてくださったのに……ああ、くやしいなあ。彼女を殺した犯人がわかったら、それがたとえ誰であっても、僕はその人物を決して許しはしない」

木戸は頭を抱えこんだ。そんな彼を、高之はどこか冷たい気分で眺めていた。利明や伸彦も、かけるべき言葉が見当たらないようすだった。

「ちょっと訊くけどさ」

木戸とやりあっても仕方がないと思ったのか、利明はタグに話しかけた。「あんたたちの仲間はいつ来るんだい。フジ、とかいってたな」

「フジは今日来る」とタグは答えた。

「何時頃だい？　最初の話だと、昨日の夜中にでも来るようなことをいってたが」

「今日、来る。絶対に来る」

「それならいいが、来るなら早いとこ来てもらいたいな。こんなことになった以上、一刻も早く警察に連絡したい」

「わかってる」

タグにしては珍しく素直な物言いをした。

2

女性たちがコーヒーと大皿に二杯のサンドウィッチを持って厨房から出てきた。コーヒーの香りは食欲を呼ぶ。事件のショックで何も食べられないだろうと高之も思っていたが、目の前に置かれるとハムサンドに手を伸ばしていた。

「おい、勝手に読むなよ」

高之の隣にいて、サンドウィッチに見向きもしない木戸が、ジンの方を向いて口を尖《とが》らせた。見ると、ジンが白い本のようなものを開いているのだった。先程見つけた雪絵の日記だ。

「勝手にったたって、本人は死んでるんだぜ。死んだ人間の日記なんて、マスコミでしょっちゅう公開されてるじゃねえか」

「それとこれとは違う。おまえのは単なる覗き趣味じゃないか」

「覗きとはいってくれるものだな。あの女が死ぬ前に何か書き残したんじゃないかと思って、調べてるんだよ」

ジンは日記帳を軽く叩いた後、改めて後ろの方の頁《ページ》に目を通したが、「とはいっても、残念ながらそういうことはなさそうだな。昨日のことは何も書いていない」

「監視された状況では、日記を書く気にもなれなかったのだろう」と伸彦がいった。

「俺のことをどんなふうに書いているのか楽しみだったんだが」

ジンは尻を前にずらせた格好で椅子に座り、あまり奇麗とはいえない手で日記帳をめくった。時々指先に唾をつける。まるで雪絵のプライバシーそのものが汚されているようで、高之は不快感を覚えた。

おっ、と頁をめくっていたジンの手が止まった。

「どういうことだろうな。途中で抜けてる頁があるぜ」

「抜けてる？」と利明。「どういう意味だ？」

「破ってあるんだよ。そこだけが、そっくり消えている」

ジンはそこの頁を開いて見せた。なるほど一頁だけ破られた形跡がある。

「書き損じたから破ったのじゃないかしら」と厚子がいった。

「いえ、おばさま、それはないと思いますわ」と阿川桂子。「そんなものはインク消しで消せばいいし、奇麗な日記帳に傷をつけるようなことをあの雪絵さんがするとは思えません。それに破り方もずいぶん乱暴です」

高之も同感だった。

「ではなぜ破ったと思う？」と伸彦が訊いた。

「たぶん」と桂子はジンの手にある日記帳を見つめた。「その頁に、人に知られてはならない何かが書いてあったのじゃないでしょうか。それを誰にも見られないように、死ぬ直前に破り捨てた」

「自分が死ぬという時になっても、それほど守りたい秘密があったというのかね」

「そういうことはありえます。女性の場合は特に」

桂子はまるで、その頁にどういうことが書いてあったのかを知っているように、自信あり気に断言した。

「女性心理はよくわからないが、俺はそうじゃないと思うな」と利明がいった。「そんな元気があるのなら、まず誰かに助けを求めるはずだ。その頁を破ったのは彼女を殺した犯人に違いない。犯人にとって都合の悪いことが、そこには書いてあったんだ」

これに対して桂子が何かいいたそうにしたが、その前に、

「よし、わかった。――タグ」

ジンは日記帳を伏せて、相棒に呼びかけた。「部屋を見てこい。もしあの女自身が破ったものなら、その頁がどこかに落ちているはずだ」

ところがタグは大きく目を開いて首を何度も振った。

「あんな部屋に入るのは嫌だ」

ジンは舌を鳴らした。「何だよ、でかい図体して死体が怖いのか。幽霊が出るわけでもないのに」

「それならジンが行け。俺がこいつらを見張ってる」

タグは怒った声をだした。

ジンは返答に詰まった顔で相棒の顔を見返した。タグは本気らしく、目が血走っている。これだけの大男が死体を怖がる図は、何とも滑稽だった。

「俺が行ってもいいぜ」

この時、タイミングを測ったように利明がいった。「こっちだって、破られた頁のことを知りたいからな」

ジンは彼の申し出について少し考えていたが、結局首を振った。

「立候補は嬉しいが、この場は辞退してもらおう。あんたが犯人じゃないという保証はないからな。問題の頁を見つけても、見つからなかったといってとぼける手もある」

「それはあんたたちだって同じじゃないか」

「俺は犯人じゃない。そのことは俺が一番よく知っている」

そういってジンはタグをひと睨みすると、「死体が怖いなら、生きてる方を頼むぜ。よほどこっちの方が怖いと思うがな」といって階段を上がっていった。タグは片手にサンドウィッチ、もう片手にライフルを持って高之たちの前に立った。

「犯人が破ったのではないと思います」

ジンの姿が消えてから、阿川桂子がいった。「仮にその日記に犯人にとって都合の悪いことが書いてあったとしても、そのことを犯人が知っているはずがないからです。日記を人に見せるなんてことありませんもの」

しかし利明も負けてはいない。

「彼女が日記をつけていることを知っていて、念のために調べたということだって考えられる。するとそこには案《あん》の定《じょう》、犯人にとって都合の悪いことが書いてあったわけだ」

「もしそうなら、日記帳をあんなふうに無造作に捨てていったりしませんわ。あれではどうぞ見て下さいというようなものですもの」

「犯人だって動揺してたのさ。それに肝心の頁を破った後なら、日記帳に着目されたところでどうってことないと思ったのだろう」

どちらも譲ろうとしない。そのうちに伸彦はタグにいった。

「いったいどういう頁が破られているのかね。前後の日付だけでも教えてくれないか」

タグは太い指で白い日記帳を開くと、

「四月九日まで書いてあって、その次の頁が破られている。その次の日付は、四月十二日になっている」といった。

「ということは四月十日と十一日が抜けているのか……」

利明が声を詰まらせたのも無理はなかった。高之もすぐにその意味に気づいた。

「十日というのは朋美が事故に遭《あ》って死んだ日だわ」

厚子が、身体をぶるぶると震えさせた。彼女のその表情が、事態の深刻さを象徴していた。

迂闊《うかつ》に声を出せない雰囲気になった。そのような日付の頁が破られている以上、雪絵が殺された事件に、朋美の死が関わっていると考えざるをえないからだ。

そこへジンが下りてきた。

「いろいろと探したが、破った頁は見つからなかった。どうやら犯人が持っていったみたいだな」

彼は階段を下りると、場の雰囲気がさらに緊迫したものに変わっていることに気づいたらしい。「どうかしたのか」とタグに小声で訊いた。タグはたどたどしい口調で、日記の日付のことをいった。

「そういうことか。いよいよ面白くなってきたじゃねえか」

言葉とは逆に、ジンの顔は微妙にひきつっていた。「結局は、例の娘さん殺しに繋《つな》がりそうだな。その破られた頁を犯人が持っていったとなれば、な」

日記のその頁には一体どういうことが書いてあったのだろう、と高之は考えた。朋美の死に犯人は何か関係していて、そのことが書かれていたのだろうか。そしてそれを知られることを恐れて、雪絵を殺し、日記帳を破った――。

「ああ、そうだ。いいことを教えてやろう。日記の一部は見当たらなかったが、代わりにちょっと面白いものを見つけてきたぜ」

ジンはそれまで握りしめていた左手を、チェステーブルの上で開いた。細かくちぎれた白い紙が掌の中から現れた。「部屋のゴミ箱に捨ててあったんだ。最初は日記帳の切れ端かと思ったが、紙の質からしてそうじゃないらしい。何かをメモしたものをちぎったようだ。焦げ跡があるところを見ると、最初は燃やそうとしたのだろう。それが途中で火が消えたので、細かく破って捨てたというところだろう。おいタグ、おまえの出番だぜ」

ジンにいわれる前に、タグは紙片を自分のところに寄せ集めて、ジグソーパズルの要領で復元を始めていた。

「それにしても、人間というのは恐ろしいねえ。あんたらなんか、どう見てもふつうの人間にしか見えないのに、この中に人殺しが混じってるんだものな。俺たちなんかより、よっぽど不気味だぜ」

獲物をいたぶるようにジンが人質たちの顔を見回した。全員目線を下げる。そうしながらもお互いのようすを窺《うかが》うといった、嫌な緊迫感があった。

タグが唸《うな》り声を上げた。ジグソーパズルがうまくいかないかららしい。

「部品《ピース》が足りない」と彼は怒った声を出した。「全然足りない。さっぱりまともな形にならない」

「仕方がねえだろ。ほかの部分は燃えちまったんだよ。灰を持ってきたって、くっつけようがないだろう」

ジンにいわれ、タグはもぐもぐと口を動かしただけだった。

それでも何とか可能な限りの復元には成功したらしい。ジンはタグの後ろに立って、それを見下ろした。

「ええと、これは何だ。後で行く……ドアの鍵をあけて……か。ははあ、後で行くから、ドアの鍵をあけておくようにとでも書いてあったんだな」

「どういうことだ？」と利明は誰にともなくいった。「どうしてそんなメモが落ちていたんだ」

「犯人が雪絵さんに渡したのじゃないでしょうか」

下条玲子がいった。「それを受け取った雪絵さんは、そのメモの指示通り、ドアに鍵をかけないでおく。そうすると犯人としては、いつでも彼女の部屋に忍びこめるということになりますわ」

「なるほど、なるほど。するとはっきりしたじゃねえか。犯人は、あの女が相当気を許すような相手だったってことだ。それでなきゃ、鍵をあけて訪問を待つなんてことはないだろうからな。これで俺たちが殺したんじゃないってことが、さらにはっきりしたわけだ。俺たちがこんなメモを渡したところで、無視されるだけさ」

ジンは勝ち誇ったように、人質たちの前を大股で歩いた。さすがに誰もこれには反論できないでいる。さらに彼は電話のそばに置いてあったメモ帳を調べると、「紙質が同じだ。どうやらこれを使ったらしいな。ボールペンもある」と満足そうにいった。

いったい誰だ、と高之はほかの人間たちの顔を横目で窺った。この中の誰が、そんなことをしたのだ。

「ただ……仮に犯人がそういうメモを雪絵さんに渡しておいたとして、雪絵さんはそれをどのように解釈したのでしょうね」

再び下条玲子が、熟慮の末といった感じで口を開いた。「このような状況ですから、お互いの部屋を行き来するのは困難だし、危険だということは、彼女にもわかっていたはずです。そのことを疑問には思わなかったのでしょうか。また何のために、その人物が自分の部屋に来るのだと思ったのでしょう?」

「この状況から逃れるための打開策の一環だと思ったんだろうな」と利明がいった。

「つまりそれだけ彼女が信用する人間だったということさ」

「でも、いつそんなものを渡す暇があっただろう」

高之は半分は独り言のつもりで呟いた。

「渡す必要はなかったと思います」と下条玲子はいった。「昨夜各自の部屋で休むということになった時、全員で移動しましたわね。最初に入ったのが雪絵さんの部屋でした。あの時に隙を見て、ベッドの枕の下かどこかにメモを置いておけばいいんです。その前も錠前やらで皆の注意が散漫になっていましたから、メモを走り書きするぐらいは何でもなかったでしょう」

「なるほど」

高之は頷き、昨夜雪絵の部屋に入った時のようすを思いだしながら、ほかの人間の顔を見た。不審な行動をとった者がいなかっただろうか？　皆も同じことを考えていると見えて、何人かと目が合い、気まずくなってうつむいた。

「直接渡したのでなければ、親しい人間でなくてもいいわけだ」

利明がジンを見ていった。

「いい加減にしなよ。俺たちじゃない」

「いってみただけさ」

「少なくともそのメモには」と下条玲子がいった。「署名があったはずです。名前も書いていないのでは、雪絵さんは気味悪がるでしょうからね。そして間違いなくその名前は、彼女が心から気を許す相手であったはずです」

彼女の言葉に、また鋭い一瞥《いちべつ》が飛びかった。

3

「例の日記帳の頁は見つからなかったんだな」

利明が改めてジンに訊いた。

「なかったよ。それを探すために死体を動かして、ベッドの中まで調べたんだぜ」

死体、という響きは高之の心を改めて揺さぶった。あの優しい娘が、そういう存在に変貌してしまったのだ。

「それはご苦労さま、といっておこうか。さて、ということは、やっぱり犯人がその頁を持ち去ったとしか考えられないな」

利明は阿川桂子をちらりと見ながらいった。つい先程このことで争ったからだろう。桂子は納得できないという顔つきだ。

利明は続けた。「日付から考えて、破られた頁には朋美が死んだ日のことが書かれていたはずだ。で、その内容が犯人にとって都合の悪いことだったと考えるべきだ。一体犯人にとって、どう都合が悪かったのか？」

誰も答えないが、その推理に異論のないことは、皆の表情を見ればわかった。

「朋美の死には、何の秘密もないと思うが」

伸彦が呻くようにいい、その横で厚子が小さく頷いた。何の秘密もないと考えたい、というのが正直なところなのだろう。

「もはやそんなことをいっている場合じゃないぜ。本音を吐かなきゃだめだ。親父だって、朋美の死は納得できないといったことがあるじゃないか。特に、日記帳からそういう頁が持ち去られた以上は――」

利明が熱っぽく語り始めたところで、「ちょっと待った」とジンが掌をだした。

「俺は部外者だけどさ、ひとつだけいってもいいかな」

「ああ、どうぞ」と利明はげんなりした顔をした。

「あんたの力説したいこともわかるけどさ、別の可能性があることを指摘しておきたいね。これを見逃しちゃいけねえ」

「というと？」

「じつは犯人は、その娘さんの死とは全然関係のない人間だという可能性もあるんじゃないか。まあ最後まで聞きなよ。あんたたちは、結局のところその昔の事件にこだわってる。だから犯人がそれを利用した可能性もあるんだよ。つまりさ、皆が今度の事件をその娘さんの死と結びつけて考えるよう、日記帳のあの日付の部分を破って持ち去ったとも考えられるわけだ。実際にはその頁には、特に何も書かれてはいなかったというからくりさ」

「それはないわ」

即座に否定したのは阿川桂子だった。「あの日記帳に何も書いてなかったなんてこと、絶対にないと思う。朋美の死の秘密が書いてあったはずよ」

その言い方があまりに断定的だったので、高之をはじめ全員が怪訝そうにした。それで彼女も自分の台詞の不自然さに気づいたらしい。「そう思うんです」と付け加えた。

「感情論は抜きにして、私は君に同感だな」と伸彦がジンを見ていった。「朋美の死について、皆が考えすぎているようだから、犯人はそれを利用してやろうという気になったのに違いない」

自分の意見の支持者が現れて、ジンは気分をよくしたようだ。

「もしそうだとしたら、よく考えたものだよな。無意味な議論ばかりが先行して、一向に犯人には近づかないってことになる」

「その可能性はたしかにありますけど、その場合の動機は？」

ジンの方は見向きもせず、高之は伸彦に訊いた。

「それは犯人自身に訊いてみなければわからないな」と伸彦は答えた。「しかし今回の事件が計画殺人だったと断言する根拠はない。些細《ささい》なことが原因の、衝動的殺人であってもいいわけだ」

「衝動的？　どういうことですか」と高之は訊いた。「計画殺人だからこそ、雪絵さんにメモを渡したりしたんでしょう」

「いいや、ああいうメモの目的が必ずしも殺しだとは限らないぜ」

こういう議論に加わるのが好きなのか、ジンが伸彦に代わって答えた。「メモを渡した時の目的は、ただ単に部屋に行くことだけだったかもしれない。で、夜中に女の部屋に忍びこむ理由といえば、ひとつしかないわな」

「自分のことをいっているんじゃないのか」

利明は腕を組み、軽蔑と怒りの混ざった目でジンを見た。

「俺のことはもういいんだよ。それよりさ、この中に一人ぐらい、あの女を抱きたいと思ってた者がいたんじゃないのか。なかなかいい女だったし、気のある男がいても不思議じゃないぜ」

ジンの言葉に、皆の目が木戸に向けられた。木戸は大きく口を開いた。

「あっ……冗談でしょう。僕が雪絵さんを？　そんなこと……そんなことあるはずがないじゃないですか」

「しかし君はかなり彼女には御執心だったようだからな」利明が冷めた声でいった。

「彼女の意向を無視して、婚約者気取りをしていたし」

「たしかに、それは、僕は……そうです。彼女のことを、ええ、好きでした」

疑われているという焦りからか、木戸はしどろもどろになった。「ですが、いくら何でもこんな時に、そんなことを考えたりしません。そんな……雪絵さんをどうかしようなんてことは」

「こんな時だから、つけこむチャンスだと考えたかもしれないぜ」

ジンが酷薄な笑いを浮かべて彼を見下ろした。

「おい、君、い……いい加減なことをいうな。皆さんも、どうかしてますよ。こんな男の話に乗るなんて、まともじゃない。正気に戻ってください」

だが利明はソファから立ち上がると、一歩木戸に近づいた。

「雪絵さんにしても、あまりにも緊張が続きすぎて誰かに頼りたくなっていた頃だろうしな。そこで忍びこみ、慰めたり元気づけたりするふりをして彼女に迫ったが、肝心のところで騒ぎだされたのでつい衝動的に、ということだってありうる」

木戸はぶるぶると首をふった。

「なんということをいうんです。僕がそんなことをするはずがない。何か証拠でもあるのですか」

「証拠か」利明は足を止めると、ジンの方を振り返った。「何かあるのか？」

「ねえよ、そんなもの」とジンは馬鹿にしたように歯を見せた。「そういう可能性もあるんじゃないか、ということをいいたかっただけだ。もっとも、証拠がないからといって、このセンを捨てることたあないと思うぜ」

「まともな考えじゃない」

木戸は多少怯《おび》えの混じった目で睨《にら》み返した後、利明に訴えた。「常識的に考えて下さい。この状況の中で、そんな下心を抱けるかどうか」

「下半身は状況を考えて働くわけじゃないぜ。だから男は苦労するんだ」

利明が何かいう前にジンが茶化した。木戸は再び睨んだが、今度は彼の目には明確な憎しみが籠もっていた。それでもぐっとこらえるように唾を飲むと、「僕は利明さんがおっしゃったように、朋美さんの死について徹底的に議論すべきだと思います。その方が論理的です」と主張した。

「そういう君に何か考えがあるのかい」と利明は訊いた。

「考えというほどのものはありません。ただもう一歩進めるならば、朋美さんと雪絵さんを殺した犯人が同一だということも考えられるんじゃないですか。雪絵さんは朋美さんの死の真相を知っていて、それを日記に書いた。それを知った犯人が、彼女を殺すと同時に日記も破って処分した——どうです、この方が筋が通っているでしょう」

高之は思わず頷いた。木戸の推理は、咄嗟《とっさ》にいったわりには辻褄《つじつま》が合っていた。

「なるほど、それは充分に考えられることだな」

利明も同感のようだ。木戸はほっとした顔をした。

「しかし君の推理を尊重するなら」と利明はいった。「少なくとも森崎家の三人は容疑から除外してもらえそうだな。朋美の肉親にあたるわけなんだから」

「それから高之さんも」と厚子が思わずといった調子で、口を出した。「高之さんは私たちの身内のようなものなんだから」

「ほう。すると容疑者は三人に絞られるじゃねえか。あんたとあんた、それからあんた」

阿川桂子、下条玲子、木戸の順にジンはピストルで差していった。

「いや、やはり僕も含まれるでしょうね」

高之は自分の胸を親指で差した。「家族同様とはいっても、血の繋がりはないから」

「オーケー、じゃあ容疑者は四人だ」

何が楽しいのか、ジンが陽気な声でいった。

「ちょっと待ってください。朋美さんと殆ど繋がりのない者は外すべきじゃないですか。たとえば下条さんや僕のような者です」

ねえ、といって木戸は下条玲子に同意を求めた。だが玲子は平然とした顔でいった。

「安直な消去法は禁物ですわ。一見繋がりはなさそうでも、隠れた関係があるかもしれませんもの」

あっさりと裏切られて、木戸はむっとした。「僕には朋美さんを殺す動機なんてない」

「自分から、動機があるという人間はいないだろうな」

ジンが揶揄《やゆ》するようにいったので、木戸は黙りこんだ。

「いや実際、私には想像もつかんよ」

伸彦が頭をふった。「仮に……仮に朋美の死に不審な点があるにしてもだ。ここにいる誰に、そういう動機があるというんだね」

彼のもっともな疑問に一瞬論議が途切れたが、

「こういう場だから、遠慮なく発言させてもらっていいですね」と木戸がいった。

「今さらそんなことを断るまでもないだろう」と利明。

「そうですね。それでは――」

木戸は舐《な》めるような目線を阿川桂子に向けた。「率直にいうと、この中で唯一朋美さんを殺す動機があるのは、あなただと思いますよ」

「あたしが？」

桂子は目を剝《む》き、柳眉《りゅうび》を逆立てた。

「まさかそれはないでしょう」と高之はいった。「彼女は朋美さんの死に疑問を投げた人だ。犯人ならそんなことをするはずがない」

「失礼ですが、高之さん、それはあまりにもお人好しというものですよ。皆がそう思うことを計算して、自分からあんなことをいい出したとも考えられる」

「それにしても――」

「いいです、高之さん」

桂子は彼の言葉を制すると、やや胸をそらせるようにして木戸を見た。

「結構です。あなたの意見を聞かせて下さい」

木戸は咳払いをして続けた。

「雪絵さんから聞いたことですが、あなたは朋美さんのことを小説にお書きになったらしいですね。まだ発表はされていないが、編集部の方じゃ大層評判になっているそうじゃないですか」

「本当なのかい？」

毅然《きぜん》としていた桂子の顔色が変わった。明らかに不意をつかれたようすだった。高之も驚いていた。そんな話は一度も聞いたことがなかったからだ。

尋ねると、桂子は黙って頷いた。

「あなたとしては、嬉しかったでしょうね」と木戸がいった。「何しろ、作家としてデビューしたのはいいが、ここのところまともな作品を書けずに悩んでおられたそうだから。このへんでヒットを飛ばしておけば、今後の人生にも大きく影響してくるでしょう」

「それで？　だからどうだというんだ」

仲彦がじれったそうに促した。

「ところが阿川さんにとって予想外なことが起きたのです。なんと、この段階で朋美さんが、出版を見合わせてほしいといいだしたのです」

「出版を見合わせる？　なぜかね」

「それはつまり、自分の過去を見せものにしたくないという気持ちからでしょう。それに朋美さんは結婚を控えていて、おかしなことで騒がれたくなかったのだろうと想像します。ところがあわてたのは阿川さんです。起死回生のヒット作になるはずの原稿を、出版できないことになる。完全なノンフィクションだけに、本人の承諾がなければ出せなくなってしまう。そこでついに思い余って……」

「馬鹿馬鹿しい」

木戸が最後までいわぬうちに、厚子がいい捨てた。「そんなことで、桂子さんが朋美を、長年の親友を殺したりするはずがあるものですか。二人がどれほど仲良しだったか、御存じないからそういう馬鹿なことをいいだせるんですわ」

「お言葉ですが、そういう感情論は抜きにするという話だったではありませんか」

「感情論は抜きにして下さって結構」と阿川桂子が尖った声でいった。「でもあたしはあの小説を、今後出さないことに決めたんです。犯人なら、そんなことはせずにさっさと出すはずじゃないかしら」

「それはわからないな。出版のチャンスを窺っているという見方もある」

木戸の言葉に、桂子は怒るというよりも哀れむような目で彼を見た。そして何度か首をふったあと、

「本当に馬鹿な人ね。あなたは何もわかってない。肝心なことは何も見えていないすのろよ」と吐き捨てるようにいった。

木戸の顔が赤くなったようだ。「僕が何を見ていないというんだ?」

「聞こえなかったの? なんにもよ。あれだけ雪絵さんにまとわりついていたくせに——」

ここで彼女は、はっとした顔をして口を閉じた。

「どういう意味だい?」と利明が訊いた。「雪絵さんがどうしたっていうんだ?」

「いえ、別に……」

「何もないという口調じゃなかったぜ。さっきから気になっていたんだが、君は何か隠していることがあるだろう。この際だ、はっきり話してもらえないか」

利明だけでなく、皆の視線が彼女に集中した。桂子は下を向いて迷っているようすだったが、やがて心を決めたらしく顔を上げた。

「わかりました。お話します」

息を整えるように、二、三度胸を上下させた。「じつはあたしが今回こちらにお邪魔したのは、ある目的があったからです。それは、朋美の死についての疑惑をはっきりさせることでした。あたしは彼女は殺されたのだと信じています。そしてその犯人について、一つの仮説を持っているのです」

「犯人が誰かわかっているというのかい？」

高之が訊くと、彼女はしっかりと頷いた。「自分の推理が正しいと確信していますす。でも証拠がないのです」

「誰なんだ？」

「誰なの？」

皆が同時に叫んだ。その中で桂子は徐《おもむろ》に唇を開いた。

「朋美を殺したのは……篠雪絵さんです」

4

桂子の言葉に皆が反応するまで、一瞬の空白があった。

「何だって……」

最初に高之が声を発した。続いて伸彦や厚子たちもいった。

「馬鹿な。彼女がそんなことをするはずがないじゃないか」

「ええ、そうです。あんな優しい子が」

「何か根拠でもあるのかい。いい加減な考えでいっているわけではないのだろう」

利明が訊いた。桂子は彼等三人を、辛そうに見た。

「もちろん根拠はありますわ。当てずっぽうでいっているわけじゃありません」

「その根拠とかいうのを、き、聞こうじゃないか。自分から容疑を遠ざけるために作った嘘にしては、大胆すぎるしな」

興奮を鎮《しず》めきれないらしく、木戸は吃《ども》りながらいった。それに反して阿川桂子の方は落ち着きを取り戻したようだ。

「あたしが雪絵さんを疑うのは、朋美さんが死ぬ直前に、雪絵さんと会っている可能性に気づいたからです」

「二人が会っている?」高之は思わず訊《き》いた。「どこでだい?」

「もちろんあの教会の近くですわ。朋美さんが高之さんと結婚式を挙げようとした、あの小さな教会の近くです。失礼ですが、あたしはあの日の皆さんの行動を調べさせていただきました。その結果、雪絵さんが仕事の関係でお父さんと一緒に、この近くに来ていることを知りました」

「いえ、近くというほどじゃないわ」と厚子がいった。「二十キロは離れているんじゃないかしら。一正……あの子の父親が、そこにある大学に用があって来ていたらしいわ。そのことを聞いていたから、朋美が事故を起こしたと聞いた時、その大学に電話して連絡したのよ。だから私達が警察に着くよりも少し早く、あの人たちの方が到着したみたい」

高之としては、この話は初耳だった。それであの日警察署に駆けつけた時、篠親子はすでに来ていたのだ。

「二十キロは車を使えば三十分以内ですわ、おばさま」と桂子はいった。「それにあたしが調べたところでは、篠一正さんがその大学の某教授と話している間、雪絵さんは景色を見てくるからといって席を外していたらしいです。それは時間にして、約三時間ということでした。だから朋美と雪絵さんが連絡を取りあって、教会の近くのどこかで――もしかしたらこの別荘かもしれません――会ったとしても、少しも不思議ではないのです」

雪絵があの日この近くに来ていた？　これは高之にとって意外な事実だった。それにしても阿川桂子は、いかなる方法でこれだけのことを調べたのだろうか。

「彼女は……朋美さんは、雪絵さんに会うなどとは一言もいわなかった」

「朋美が東京を出発した頃を見計らって、雪絵さんの方から電話をかけたんじゃないでしょうか。朋美の車には電話がついていたから」

「くだらない」

木戸が桂子の言葉を断ち切るようにいい放った。「そんなことで、たったそれだけのことで雪絵さんを疑うというのか。それなら君の……君の当日の行動をいってみろ。僕が何とでも理屈をつけて、君が怪しいという説をつくってやる。いってみろ、さあいってみろ」

「木戸さん、落ち着いて下さい。まだ阿川さんのお話は終わっていませんわ」

彼の宥《なだ》め役をしたのは下条玲子だった。彼女はジンやタグを除けば殆ど唯一といっていい部外者なので、あまり発言せずじっと成り行きを見守っているという感じだ。

「下条さんのおっしゃる通りです。まだあたしの話は終わっていません。むしろここからが肝心な点なのです」

桂子は改めて全員を見回した。「何度か問題にした、朋美さんの薬の話です。あたしは何者かが彼女に睡眠薬を飲ませたという説を捨てていません。そしてその最有力候補が雪絵さんだったのです。でもそれを証明する手だてがなく、本人の前ではっきりと口にするのも憚《はばか》られて、曖昧《あいまい》な言い方に終始してしまったのです」

彼女がなぜあの問題に固執したのか、高之はようやく理解した。

「失礼だがあなたには健忘症のきらいがありそうだ」

こういう状況になって、精神状態が普通ではないのだろう。ふだんはこんな失礼な言葉を口にしない伸彦が、桂子に向かっていった。「そのことは何度も議論したじゃないか。朋美のピルケースには薬が入ったままだった。だからあの子は何も飲んではいない」

「忘れてはいませんわ。そのお話を伺った時、あたしはいったはずです。それについても説明できると」

強い口調でいったあと、桂子は少し表情を和《なご》ませて、「おばさま、あたしが知っているかぎりでは、朋美の生理痛はかなりひどいものだったと思います。最近はいかがだったでしょう？」と訊いた。

「相変わらずだったわ。二、三日は薬を使っていたはずよ。そんなに飲んでも大丈夫かしらと思ったぐらい」

高之は胸の内で頷いた。朋美は生理痛が始まると、殆ど動けなくなってしまうほどだった。

厚子の言葉に阿川桂子は満足したようだ。ちょっと顎を上げるようにして伸彦を見た。

「あの日、彼女は生理中でした。その証拠に鎮痛剤を携帯していたのです。ところがあの時ピルケースの中に薬は入っていたというのならば、なぜ彼女はそれを飲まなかったかということを考える必要があります」

あっ、と誰かが声を漏らすのを高之は聞いた。あるいはそれは彼自身が発したものだったかもしれない。

「わかりますね？　本来ならば、ピルケースの中は空だったという方が自然なのです。中に薬が入っていたという方がおかしいのです」

「おかしいといっても、事実入っていたのだから仕方がない。私がこの目で見たのだからね」

伸彦が自分の目を指差した。

「朋美があの日に限って薬を飲まなかった、ということが不自然だといっているんです。そこであたしはこう考えます。彼女は誰かから別の鎮痛薬を貰って飲んだ。だから自分のものを飲む必要がなかった」

「その誰かというのが、雪絵さんだといいたいらしいな」と利明がいった。「だけど自分が薬を持っているのに、わざわざ人からわけのわからない薬を貰って飲んだりはしないだろう」

もっともな意見だといえた。桂子を除く全員が小さく頷いたが、彼女は全くひるまず、「わけのわからない薬じゃなかったらどうでしょう？」と疑問を投げかけた。「朋美の薬は木戸さんの病院で貰ったものです。ということは木戸さんと親しい雪絵さんも、その薬を容易に入手できたのじゃないでしょうか。いいえもしかしたら、雪絵さん自身がその薬を使っておられたかもしれません。全く同じ薬なら、朋美が貰って飲んでも不思議ではないでしょう。ピルケースの中の薬は、予備として取っておけますから」

「どうなんだい、そのへんは？」

利明が訊くと、木戸は辛そうに顔を伏せて、

「たしかに雪絵さんにも同じ薬を差し上げたことがあります」

と沈みきった声でいった。おお、と場がどよめいた。

「いやしかし」と高之は桂子を見ていった。「同じ薬を雪絵さんが持っていても、それがどうだというんだ。仮にそれを朋美さんにあげて、朋美さんがそれを飲んだとし

ても、別にかまわないじゃないか」

「ええ、そうよ。自分のものを飲むのと同じだわ」

厚子もいった。

「もちろんその薬を渡したのなら、何の問題もありません」

阿川桂子は平然といった。「でもそのカプセルそっくりの睡眠薬があったらどうでしょう？　雪絵さんが自分と同じ薬を持っていることを承知しているだけに、朋美は何の疑問も抱かずにその薬を飲んでしまうのではないでしょうか」

それならば充分に可能性がある。反論の言葉が思いつかないらしく、利明も伸彦も黙っているが、

「そっくりの睡眠薬……そんなものがあるのかしら」

厚子は理屈だけでは納得できないようすで、木戸に尋ねた。

「全く同じ外観ということはないにしても、似たものならあるでしょうね」

苦々しく木戸は答えた。しかし厚子は合点がいかないようすだ。

「いくら似た薬があるとしても、そんな薬を出されて朋美が気づかないものかしら。人から貰ったものを、全く無警戒に飲んでしまうなんてこと、とても信じられません。よく調べて、たしかにいつも自分が飲んでいるものに間違いないと確認して初め

て、口に入れるのだと思うのだけれど」

「雪絵さんがそんな恐ろしいことをするとは、朋美は夢にも思っていなかったはずですわ。それにふだん自分がどんな薬を飲んでいるか、正確に記憶している人は稀《まれ》だと思います。これがそうだといわれれば、信用するのが当然ではないでしょうか」

この意見には厚子もいい返せなかった。一同は重苦しく沈黙し、阿川桂子の説を受け入れた格好になった。

「やや強引な気がするが、まあいいだろう。それよりも君に訊きたいことがある」

利明が一歩踏みこむようにいった。「雪絵さんが朋美を殺したとして、どういう動機が考えられる？　君は前から、この点については心当たりがないようなことをいっていたが、堂々とこういう話をする以上は、全く何もないというわけではないのだろう」

「動機……ですか」

阿川桂子は、やや茶色がかった瞳を宙に漂わせた後、利明に向かって頷いた。「ええ、心当たりはあります」

「お聞かせ願いたいね」

「それは――」

桂子は息を吸ったが、その時彼女が自分を見たように高之には感じられた。果たして彼女はいった。「雪絵さんは、朋美から高之さんを奪おうとしたのだと思います」

全員が彼女の言葉を反芻《はんすう》するように、奇妙な間があった。高之は口を開けたまま停止した。発すべき言葉が見つからなかった。ほかの者も同様だったらしいが、当人でない分、反応が幾分早かった。

「何だって？　意味がよくわからないな」

ふざけたような、半面怒ったような口調で利明はいった。

「雪絵さんは高之さんを愛しておられたのです」

阿川桂子は確信を表情に出し、高之を見つめた。「その気持ちを抑えきれなくなって、朋美を殺したのだと思います。それしか考えられません」

「馬鹿なことを。何を根拠にそんなことをいうのかね。雪絵さんは従姉の婚約者に手を出すようなふしだらな女性ではない」

「いいえおじさま、これはふしだらとか、貞淑だとかの問題ではありません。人間というのは、どうしても手に入れたいもののためなら、時には異常者としか思えない行動にだって出るものなんです。それに雪絵さんの気持ちについても、根拠がないわけじゃありません。あたしは朋美の口から、そのことを聞いたのです」

「まあ何ですって？　朋美がそんなことを」

「ええ、おばさま。この話をしてくれたのは朋美なんです。彼女は雪絵さんのことをひどく心配していました。いいえ、恐れていたというべきでしょうね。雪絵さんの高之さんを見る目が変わってきているのに気づいて、雪絵さんが何らかの行動を起こすのではないかとびくびくしていたのです」

「とても信じられないわ。朋美は私には一言も……」

厚子は身をよじらせた。

「誰にも秘密にしてほしいと、あたしは朋美からいわれました。彼女にしても、そういう目で従妹を見ることに罪悪感を抱いていたようです」

朋美ならそうかもしれないと高之は思った。

さらに桂子はいった。「もし雪絵さんが積極的な行動に出れば、高之さんの気持ちも揺らぐのではないかと朋美は怖がっていました。雪絵さんは魅力的な女性で、どんな男性でも引きつけられずにはいられないだろう。それに較べて自分は……」

「片足のない女だ、か」

桂子が途中でためらったので、それを利明が引き継いだ。それは的中していたらしく桂子は黙った。ほかの者も口を開きにくくなったようだ。

「いや、嘘だ。そんな話は嘘に決まっている」

ここで木戸が低く唸るようにいい、高之に人差し指を向けた。「彼女が……雪絵さんがこの人のことを好きだったなんてこと……そんなことありえない。前に彼女から聞いたことがある。彼女は男性の容姿なんかはどうでもよくて、包容力のある、優しい人が好きなんだといった。この人はそういうタイプじゃない」

吹きだしたのは、横で聞いていたジンだった。笑いはしないが、皆同じ気分だったに違いない。白けた顔つきで、反論する気にもなれぬといったようすだった。高之はこの男が哀れになった。心の底から雪絵のことを好きで、自分もまた彼女から好意を持たれていたと信じていたいのだろう。たとえもはや彼女がこの世にいなくても。

「高之君、君としてはどうなんだ。雪絵さんの気持ちに気づいていたのか」

利明が尋ねてきた。高之としては、この質問を恐れる気持ちがなくもなかったが、避けられるものでもないだろう。

「さあ、僕にはよくわからなかったのですが」

とりあえず首をふったが、

「そういうことは、自分の口からはいいにくいよな」

横からジンが冷やかすような口調でいった。高之は一睨みするだけで下を向いた。

「率直にいってくれないか。照れてる場合じゃない」

利明がさらに訊いてきた。皆も固唾《かたず》をのんで凝視《ぎょうし》してくる。曖昧な台詞でごまかせる雰囲気ではなかった。

「彼女が自分のことを嫌いではないという印象は、何度か抱いたことがあります」

婉曲《えんきょく》な言い方だったが、肯定していることには変わりはない。そしてそれだけで充分だったようだ。利明たちは頷き、木戸は唇を噛んだ。

「仮にそうだったとしても、雪絵さんが朋美を殺す必要はなかったのではないかね」

打ちのめされたように首をうなだれ、両手の指を組んだ姿勢で伸彦はいった。「高之君を奪いたければ、それなりのアプローチをすればいい。相手は身体の不自由な娘だ。雪絵さんがその気になれば、勝負にならんだろう」

「あなた、そんな言い方をしたら、朋美があまりにもかわいそうですわ」

「事実をいっているだけだ。私だって、こんなことはいいたくない」

「いえ、それは事実とはいえません」

高之はいった。ここで黙っているわけにはいかなかった。「雪絵さんがどう思っておられたにせよ、僕と朋美さんの間には変化はなかったでしょう」

この台詞には、高之自身が考えた以上に大きな反応があった。ビデオのポーズボタンを押したように全員の表情や動きが止まり、時間を分断するような空白があった。

森崎夫妻は深い悲しみをたたえた眼差《まなざ》しで、娘の元婚約者を見つめた。

「ええ、そうでしょうね。そうでしょうとも」

厚子は指先で目頭を押さえた。「高之さんなら、きっとそうでしょうとも。だから雪絵さんがどんなに思っておられても、朋美は何も心配することなんかなかったのですわ」

「たぶん雪絵さんも、同じように考えたのだと思います」

阿川桂子がいった。「おじさまがおっしゃったような自信は、雪絵さんにはなかったと思うんです。この世から朋美が消えてしまわないかぎり、高之さんの心は朋美から離れないと考えたのではないでしょうか」

「そんな恐ろしいことを、あの雪絵さんが、考えたというの？」

厚子はせわしなく目をしばたたいた。

「恋は盲目っていうからねえ」

ジンが横から口を挟んだが、黙殺された。

「君のいいたいことはわかった。しかし今聞いたかぎりでは、最初に君が断ったとおり、証拠というものが何ひとつないようだな。だからあくまでも、よく筋の通った仮説ということになる」

利明が慎重な口ぶりで桂子にいった。

「その証拠を何とか摑もうと思って、ここへやって来たのです」

「その方法のひとつとして、朋美が殺されたという説を展開したわけだ」

「皆さんの口から新事実を聞きだせるかもしれないと思いましたし、その時の雪絵さんの反応を見たかったのです」

「で、どうだった？　君の目から見て、やはり彼女は朋美を殺した犯人だろうか」

「わかりません。わかりませんけど、雪絵さんが殺されたことで、やはりあたしの推理が全く的外《まとはず》れでないという自信を持ちました。それに……」

阿川桂子は利明から高之に目を移動させた。「彼女が高之さんを愛しているという点についても、彼女の様々な態度から確信を持ちました」

高之は発するべき言葉が見つからなかった。その場にいるのがひどく辛かったが、逃げだすこともできなかった。

「よし、じゃあ仮に君の推理が的中していたとしよう。朋美を殺したのは、雪絵さんだった。では今度は、なぜその雪絵さんが殺されることになるのかを説明してもらおう。まあ聞かなくても、何となく答えは想像できるがね」

「おそらくその想像の通りですわ」

こんなことをいうのは不本意だというように、桂子は眉を寄せていった。「復讐ですわ。朋美の復讐のため、雪絵さんを殺したんです」

森崎夫妻は息を飲んだようすだが、利明は予想通りだったとみえて、苦い顔で頷くと、

「当然そういうことになるだろうな」

といった。高之にしても、意外な答えではなかった。

「あたし以外に、朋美の死の真相に気づいている人がいたということになりますわ」

桂子がいうと、

「なるほど、あたし以外に、か。犯人は君以外の人間だと主張したいわけだ」

木戸が彼女の言葉じりを捕らえていった。桂子はうんざりした顔でため息をついた。

「朋美を愛していた人間全員が容疑者だといえるでしょうね。もちろんあたしをその中に加えていただいても結構です」

「そうなると話はさっきと逆だな。朋美の肉親である俺たちが、もっとも容疑が濃いということになる」

利明がいったのを受けて、桂子は申し訳なさそうな顔で高之を見た。彼女のいいたいことを高之は了解した。

「わかっている、僕も容疑者の一人なんだろう。朋美さんの復讐となれば、僕あたりが一番怪しいのかもしれない」

「ごめんなさい。でもおっしゃるとおりです」

桂子は小さく頭を下げたが、その目は決して詫びてはいなかった。おそらく本気で疑っているのだろうと高之は感じた。

「僕はそんな話を信用する気にはなりませんね。雪絵さんが人殺しをするなんていう発想は、まともな人間なら出てこないはずだ」

木戸が毒を含んだ発言をした。「今まで長々と語られた推理も、そりゃあ可能性がないこともないのでしょうけれど、これといった証拠があるわけじゃないんでしょう？　全部憶測の域を出ない。となれば僕が最初にいった、二人の女性を殺した犯人は同一だという説と大差ないことになる。いや、僕の個人的見解からすれば、復讐説よりも同一説の方が有力だと思いますね。第一に――」と阿川桂子を見る。「あなたに朋美さんを殺す動機があるという件については、まだ解決していない。復讐説なんていうのを考えだして、皆を煙に巻こうとしているようにも感じられる」

「いや、証拠がないとはいえ、阿川さんの説は充分に説得力があると思います。咄嗟《とっさ》に作りだした話だとはとても思えない」

高之はいった。こういう状況だと、つい木戸に反駁《はんばく》したくなる。「それにあなたの阿川さんが怪しいという推理にしたって、証拠なんてものはないのでしょう」

木戸は目を吊《つ》りあげて何かいいかけたようだが、相手をやりこめるほどの台詞は思いつかなかったらしく、腕を組んで横を向いた。

今までの論争によって明白になったことは、この場にいる人間の殆《ほとん》ど全員が、雪絵殺しの容疑者になりうるということだった。だが阿川桂子にしても、それよりもさらに進んだ内容となると、まだ自分の中で消化しきっていないようだ。手の内もすべて出しつくしたらしい。

「何だよ、黙りこんで。もう終わりかい?」

ジンがからかうようにいった。その彼に利明が抑揚のない声でいった。

「終わりじゃない。これから始まるんだ」

第五幕――探偵役

1

午後一時を少し過ぎている。

ジンは人質たちを、昨日までよりは比較的自由にさせた。外との出入が可能な玄関や厨房に近づくのを警戒するだけで、各自が自分の部屋に戻ったりしても文句はいわなかった。雪絵殺しを巡って人質同士が疑心暗鬼になっており、連帯感が薄れたと判断したせいかもしれない。そしてそれは事実だった。高之にしても、強盗に軟禁されていることより、雪絵を殺したのが誰かということに神経を集中させていた。ジンやタグはいずれ出ていくが、真犯人が誰かということは、今後も関わってくることなのだ。

高之は食堂のテーブルに片肘をつき、持参してきた文庫本に目を落としていた。だが無論文字などは追っていない。頭の中にあるのは、今朝阿川桂子がいった言葉だった。

雪絵さんは高之さんを愛していたんです――。

衝撃的な台詞だった。しかし正直いうと意外ではなかった。あの時高之自身がいったように、彼女の気持ちに気づいていないわけではなかったのだ。

仕事の関係で何度か雪絵の父に会ったが、その時に彼女はいつも同席していた。彼女の視線にある種の感情がこめられているのを、高之は感じとった。それは決して自《うぬ》惚《ぼ》れではないと思った。

そしてその直感が間違っていないことを確信したのは、今年の二月十五日、バレンタインデーの翌日だ。高之が仕事を終えて帰ろうとした時、事務所に雪絵が訪ねてきたのだ。近くまで来たから寄ってみたのだと彼女はいった。高之は事務所の中を少し見せたあと、彼女を近所の喫茶店に案内した。

バレエや芝居のことを少し語りあった後、彼女がぽつりといった。

「結婚式まで、あと二ヵ月なんですね」

少しかすれた声だった。「ええ」と高之は答えた。

「最近の朋ちゃん、とても幸せそうですわ。夢みたいよって、いつも話しています」

雪絵の目線は、彼女の手元に注がれていた。何か大切なものを包むように、ティーカップに両手を添えている。

「この時期は誰でも浮かれてしまうんですよね。誰もが、自分こそ最高の幸せを手に入れたと信じている。ところが、錯覚にすぎないことは、離婚率の高さを見ても明らかです」

気恥ずかしい話題だったので、高之はわざと話をジョークに包んだ。ところが雪絵はそれを真に受けたのか、「そんなことはありませんわ。ほかの人たちはともかく、朋ちゃんと高之さんの結婚は、最高の幸せに繫がるはずです。あたしが保証します」

彼女にしては珍しく強い口調でいった。それで高之が面食らっていると、ムキになったことを恥じるように白い頰に手を当てた。

「ごめんなさい。保証だなんて生意気なことをいって……。あたしなんかにいわれなくても、幸せになるに決まってますよね」

「いえ、あなたに保証してもらえれば、これほど心強いことはありません。朋美にも伝えておきましょう」

高之が笑顔でいうと、「彼女にはいわないで」と、また雪絵らしくない口調でいった。彼が目を丸くすると、彼女はさっきにも増して顔を赤くした。

「あたしがこんなことといったなんてこと、朋ちゃんに知られたら恥ずかしいですから」

「そんなことはないと思いますが……。あなたがそうおっしゃるなら、ここだけのことにしておきましょう」

雪絵はティーカップにスプーンを入れ、ぐるぐる回しながら小さく頷いた。

「クリスマスに初めて高之さんとお会いした時、朋ちゃん、本当に良い人と巡りあえたんだなと思いました。事故に遭《あ》ったのは悲しいことでしょうけれど、そのおかげで別の幸福を摑《つか》めたんだから、やっぱり強運の持ち主なんだな、とも……」

「あなたにもきっと、ふさわしい幸福が訪れますよ」

高之はいったが、彼女の顔からは笑みが消えかかっていくようだった。

「あたしなんか……だめですわ」と彼女はいった。「不器用だし、朋ちゃんみたいな華やかさもないし……。彼女がうらやましいです」

「彼女は彼女なりに、大きな苦しみを背負っています」

「ええ。わかっています。彼女をうらやましがるなんてこと、そんなこと全くの見当外れだってことはよくわかっているんです。でも……それでも、やっぱり朋ちゃんは幸せだなと思わずにはいられないんです」

雪絵のようすがいつもと違うので、高之はまごついて口を閉じた。すると彼女は片頬にやや寂しげな笑みを滲《にじ》ませた。

「ごめんなさい。とりみだしちゃって」

「いえ……」

彼女は気をとりなおすように口元を緩《ゆる》めると、うつむいて続けた。

「何度かバレエやお芝居に誘ってくださいましたよね。あたし、本当に楽しかったです」

「また行きましょう。誘いますよ」

高之は強いて明るい声を出したが、彼女は視線を下に向けたままかぶりをふった。

「いえ、もう結構ですわ。充分に楽しませていただきました。それに……」

「それに？」

彼女は数秒間高之の顔を見つめた後、にっこりと笑った。

「断ち切ってしまいたいからです」

「断ち切る？」

「ええ。でも高之さんには関係のないことなんです」

そして彼女は傍らのバッグの中から小さな紙包みを取り出し、高之の前に置いた。

「これ、召しあがってください。あたしが作ったんです」

「へえ、何ですか？」

「それは開けてからのお楽しみですわ」

高之は奇麗な包装紙に包まれたものを手に取った。少し考えれば中身の見当がつくはずだったが、この時は全くわからなかった。

「あの高之さん」

雪絵は真剣な目をした。「どうか朋美さんを幸せにしてあげてくださいね」

「ええ、それはもう」

「本当に本当に、決して彼女が悲しむようなことのないようにしてあげてください」

「彼女を幸せにします。悲しませたりはしません」

高之は雪絵の目を見つめて答えた。彼女も真っすぐに見返してきた。

「約束していただけますか」

「約束しましょう」

雪絵はいうべきことはすべていったという感じで、その後は話しかけても上の空といったようすだった。高之は喫茶店の前で彼女と別れた。部屋に戻って紙包みを開けてみると、中には手作りのチョコレートが入っていた。『バレンタインには遅すぎました』というメッセージを添えて。

その瞬間高之の脳裏に閃《ひらめ》くものがあった。同時に今までのことが断片的に蘇《よみがえ》った。雪絵が時折自分に対して見せた優しさや恥じらい、そういったものが寄せ木細工のように見事にぴたりとはまり、ひとつの形を作りあげた。

そして高之は雪絵の本心を悟ったのだ。彼女は自分に好意を抱いてくれていた。しかし諦《あきら》めねばと思い、気持ちをふっきるために今日会いに来たのだ。

高之はチョコレートを一口かじった。甘いものは苦手だ。それでもこれを朋美に食べさせるわけにはいかなかった。一人で食べるしかない。

チョコレートは甘く、そして少し苦かった。

その後、雪絵と二人きりで会うようなことはなかった。いや顔を合わせること自体殆どなくなった。相変わらず朋美が観劇などに誘っていたようだが、雪絵はいろいろと理由をつけては断っていたらしかった。

あの頃の雪絵の行動を考えると、阿川桂子の推理とは食い違いがあると高之は思った。仮に雪絵が高之を愛していたにせよ、彼女は明らかに彼のことを諦めようとしていたのだ。そんな彼女が朋美を殺して、自分の思いを遂げようなどと考えるだろうか。それに朋美の死後も、雪絵の高之に対する態度は特に変わらなかった。

高之がそんなふうに考えを巡らせていると、すぐ横に下条玲子がやってきて座った。

「朋美さんのことをお考えなのですか。それとも雪絵さんのこと?」

鋭い女性だ、と思った。

「両方ですよ」と高之は答えた。「当然でしょう。ほかの人も皆、彼女たち二人のことを考えているはずです」

「ええ、でもあたしの場合は何の知識もありませんから、もう一つのことを考えるしかありませんわ」

「もう一つのこと?」

「SOSや停電作戦が失敗したこと」

低く声を落として彼女はいった。ああ、と高之は合点した。

「何者かに阻止されていますね。それが雪絵さんを殺した犯人なのかもしれないが」

「おそらくそうでしょうね。でもそれが誰なのか、限定するのは簡単なことではありませんわ。ちょっと考えた限りでは、誰にでも可能な気がしますもの」

「僕にわかっているのは、あなたではないということぐらいかな」

「そういっていただけるとありがたいですけど、何事にも思い込みは禁物ですわ」

下条玲子は余裕のある表情でいった。やはり不思議な女性だ。

「ところで高之さんにお尋ねしたいことがあるのですが」

「何でしょうか、僕にわかることでしたら」

「たぶんわかると思います。ピルケースのことなんです」

「ピルケース？」

高之は少し身構えた。突然話の方向を変えてきたからだ。胸騒ぎを感じた。

「奥様のお話ですと、朋美さんの遺体を引き取りに行った時、ピルケースの中には白いカプセルがたしかに二つ入っていたということでした。その点は高之さんも御存知なのですか」

「ええ、知っています」

東京に戻る途中、サービスエリアに入った時に遺品を見たのだと高之はいった。

「すると高之さんが御覧になったのは、ずいぶん後なんですね」

「ええまあ、そういうことになりますね」

「申し訳ありませんが、遺体を受け取りに行った時の模様を、出来るだけ詳しく教えていただけませんか」

下条玲子は唇に微笑みをたたえながら、隙のない目差しで高之を見た。

2

息苦しい中で時間が過ぎていった。ここ二、三日のことを、高之は思い出すのが困難になっていた。あまりにもいろいろなことがあり過ぎたからだ。しかも密閉された中に閉じこめられているので、時間の感覚が完全に狂ってしまっている。今日も、特に何をしたということもなく日が暮れようとしていた。

夕方になると、ジンが各自の部屋を調べるといいだした。彼は雪絵の日記帳の、破られた頁を探そうとしているのだ。それを奪ったのは誰か、あるいはそこに何が書いてあるのかをつきとめれば、犯人もわかると考えているようだった。彼としても、犯人がわからないままだと気味が悪いのだろう。

だが破られた頁が見つかる可能性は小さいだろうと高之などは考えていた。犯人が、そんなに簡単に見つかるようなところに隠すとは思えない。もしかしたら、細かくちぎって水洗トイレに流したかもしれないのだ。

そして彼の予想通り、小一時間後には疲れた顔でジンが戻ってきた。

「収穫はなかったようだな」と利明がいった。

ジンはどっかりと椅子に腰を下ろした。

「あとは身体検査ぐらいか。しかしま、本人がまだ後生大事に持っているなんてことはないだろう」

「もう部屋に戻ってもいいのかしら」と厚子が訊いた。

「お好きなように。ただ多少散らかってるけどな」

だが誰も立ち上がろうとはしなかった。ほかの者のようすを窺っているという感じだ。本当は一人きりになりたいのだが、自分の知らないうちにどういうやりとりが交わされるかわからないので席を外せないでいる、そういう空気だった。

ジンやタグは例によって銃を構えていた。カーテンはぴたりと閉じられたままだ。もう警官も見回りをしていないようすだった。

空気の重さが最高潮に達したと思われた時、電話が鳴りだした。全員が、びくりと身体を震わせた。

ジンがまず素早く立ち上がった。そして厚子に銃を向けた。

「出るんだ。くどいようだが、変な真似はするなよ」

「わかっているわ」

さすがに厚子もこの状況にかなり馴れたのか、緊張はしているようだが、あまり怯えの色はなかった。

電話は鳴り続けている。その受話器を取ろうとする直前、コールサインが止まった。

「あら」と厚子は声を漏らした。「間違いかしら」

そのうちにまた電話が鳴りだした。彼女は手を伸ばしかける。しかしここで、「ちょっと待った」とジンはそれを制した。

「六時過ぎか」

時計を見てから呟くと、彼は厚子にいった。「よし、ここにいるんだ。受話器は俺が取る。場合によっては、すぐに代わるから準備しておけ」

彼は手袋をした手で受話器を摑むと、慎重な動作でそれを耳につけた。彼の行動の意味が、よくわからなかった。

「もしもし」

低い声でいった後、ジンは緊張した顔で相手の声を待っていた。約二秒後、彼の顔に明るさが蘇った。「フジ、どうしたんだ、いったい?」

この声にタグも表情を和らげた。フジという仲間からの連絡らしい。人質たちの顔には、また新しい緊張の色が走った。

「いやじつはこっちもトラブっているんだ。とんでもないことになっちまってさ」

ジンは隠れ家にするはずだった別荘に人がいたこと、そこで殺人事件が起きたことなどをかいつまんで説明した。相手がかなり驚き、戸惑っているらしいというのが、ジンの口ぶりからわかった。

「とにかくどうしようもねえんだ。パトロールの警官がいつ来るか知れねえし、この別荘を出るわけにもいかない。何とかうまい手はないものかな」

ジンが泣きつくようにいっている。その口ぶりから、フジという人物への信頼感が窺えた。

「うん……わかっている。手を出しちゃいないさ。……ああ、やっぱりその手しかないかな。オーケー、準備しておこう」

五分ほどで電話を切ると、ジンは高之たちの方に向き直った。「あんたたちに朗報だ。いよいよ俺たちの出発時刻が決まったぜ。明日の夜明け前だ」

「夜明け前だって？」

伸彦が叫んだ。「まだ十二時間近くあるじゃないか。それまでこんなことを続けるというのかね」

「仕方ないだろう。人目についちゃあ、まずいんだ」

「それでも夜明け前まで待つことはないだろう。夜がふけたら、すぐに出発すればいいんじゃないのかね」

「それがこっちにも事情があるんだよ。相棒の来るのが、夜中になりそうなんでね」

「相棒というのはフジという奴だな」と利明がいった。「なぜそんなに遅く来るんだ。もっと早く来るようにいえばいいじゃないか」

「それが出来ねえから苦労してるんだよ」

「出来ないって、どうして?」

利明の質問にジンは答えそうになったが、ふと何かに気づいた顔になって唇を閉じた。そして顔を振る。

「そんなこと、あんたたちには関係のないことさ」

「そういえば」と下条玲子がいった。「こちらから、そのフジという人物に連絡をつけることも無理だといってたわね。ということは、そのフジさんはかなり特殊な状況の中にいるということになります」

ジンはつかつかと彼女の前まで歩き、形の良い鼻の前でピストルを左右に揺らせた。

「何がいいたいんだ」

しかし彼女はその程度の威《おど》しでひるむ女性ではなかった。平然といった。

「私の考えだと、そのフジという人物は、警察の目がかなり厳しい中にいるんじゃないかしら。だから夜にならないと自由に行動できない」

「そうか、わかったぞ」

利明が突然手を叩いた。「フジというのは、銀行内部の人間なんだ。そうしておまえたちを手引きしたってわけだ。だが警察だって馬鹿じゃない。内部に共犯者がいる可能性も考えて、事件後も関係者を見張っているに違いない。その見張りが緩和され、抜け出すチャンスがやってくるまで、動けなかったということさ」

タグが彼の前に立ち、ライフルを向けた。ひどく狼狽《ろうばい》しているのがわかる。タグの顔つきから、利明の言葉が的外れでないと知れた。

「そうか」と伸彦がため息をついた。「銀行内部に仲間がいたのか」

ジンは舌打ちをすると、おまえがあまりにうろたえるからだという目でタグを睨んだ。タグはそれをどう解釈したのか、しきりに頷いている。

「まあ、いいさ」とジンはいった。「銀行関係者といったって、大勢いるからな。要するにあんたたちに姿を見られなきゃいいってわけだ」

「フジというのは、偽名なのか」

仲彦が訊くと、ジンはのけぞった。

「あったりまえだろう。どこの世界に本名で呼び合う強盗がいるんだ」

ジンとタグとフジ。一体どういう三人組なのだろうと高之は考えた。ジンやタグにしても、一攫千金《いっかくせんきん》を狙うただのチンピラという感じではない。それに銀行関係者のフジという人物が加わるという。どんなきっかけでその三人が集まり、銀行強盗などを共謀するに至ったのか、高之は聞いてみたかった。

「とにかく、もうあと少しの付き合いだぜ。それまで、せいぜい仲良くやろうじゃないか。あの娘を殺したのが誰か、是非つきとめたいものだな。俺だって大いに関心がある」

とジンはにやにやしていった。

3

二度目の電話が鳴ったのは、午後十時を過ぎた頃だった。さっきと同じように三度コールサインが鳴り、一旦止まってから再び鳴りだした。今度はジンはためらわずに受話器を取った。

「どこまで来ている？」とジンは訊いた。「……ああ、じゃあすぐ近くだな。うん……人質は全員一箇所に集めてある。……自由にさせてるよ。今のところ変な考えは持ってないみたいだ」

彼は人質たちの方をちらりと振り返った。

「えっ？　……ああ、そうかい。それもそうだな。うん、何とかやってみよう」

受話器を置くと、ジンはタグにいった。

「二階に行って、シーツを二、三枚取ってきてくれ」

「何をするんだ？」

「いいから取ってこいよ」

タグが階段を上がっていくのを見送ってから、ジンは高之たちの方に向きなおった。

「もうすぐ俺たちの相棒が来る。歓迎の準備をしなけりゃな」

「シャンペンでも開けるのか」と利明がいった。

「それも悪くないが、その前にするべきことがある。何しろもう一人の相棒は、えらく恥ずかしがりときているんでね」

タグが丸めたシーツを抱えておりてきた。ジンはその一枚を取ると、端を歯で嚙み切ってから両手で裂いた。

「よしタグ、これを捻じってロープみたいにしたら、こいつらを縛ってくれ」

「縛ってどうしようというんだ」と伸彦が訊いた。

「人質っていうのは、本来縛られてるものなんだよ。今までは大目に見てきたがね。だけど安心しな、耳や口までは塞がないからさ」

タグは一人ひとりの両手両足を縛っていった。力一杯締めつけるので、びくとも動かない。そして最後に小さく切った布片で、ジンは全員を目隠しした。

「ようし、これで出来あがりだ」

ジンが満足そうにいうのが、高之の耳に届いた。ほかの者のようすは全くわからない。こういう状況では、手足の自由を奪われていることよりも、視覚を閉ざされていることの方が、はるかに大きな不安感を生みだすものなのだ。

「我々をどうするつもりかね」伸彦の声だ。

「どうもしないさ。ただそこでじっとしていればいいんだ。その間に俺たちはここから逃げだす。ただし人質を一人連れてね。今はそれを誰にするか考えているところさ」

「私にしろ」と伸彦はいった。「ほかの者には手を出さないでほしい」

「別荘のオーナーとしての義務感かい？　やめときなよ、そういうのは」

ジンはおどけたような口調でいった。彼等はおそらく厚子を選ぶだろうと高之は判断した。若い女性にしたいという気持ちはあるだろうが、この際は最も扱い易い人間を選ぶはずだ。

「車のライトだ。近づいてくる」

タグの声がした。少し離れて聞こえるのは、彼が窓際に立って外のようすを窺っているからだろう。そして車のエンジン音がする。それはこの別荘のすぐ前で止まったようだ。

「フジの車だ。思ったよりも早く着いたな」

ジンがいってから少し経った頃、玄関のブザーの音がした。大きな足音が遠ざかっていくのは、タグが迎えに出ていったからか。

ドアを開閉する音が何度かして、明らかに複数の足音がラウンジに入ってきた。

「フジ、誰にも見られなかっただろうな」

ジンが訊いている。フジは黙って頷いたらしい。「そうか。まあおまえのことだから、そんなヘマはしないと思うがね」

足音がひとつ、高之たちに近づいてきた。そして何かを点検するように人質の周りを動いた。ジンでもタグでもない。フジの足音だと高之は思った。

「全くひでえことになったぜ。この別荘には人がいないと思ってたのに、こんなに集まってやがるんだものな。いきなり計画が狂っちまった」

ジンはぼやき節でいったが、「いや、フジの計画にケチをつけてるわけじゃねえよ」と弁解をした。「こいつらがいつこの別荘を使うかなんてことは、さすがのフジでも読めねえだろうからさ。ただ、俺とタグがちょっとあわてたってことをさ、いっておきたかっただけなんだよ」

「それに人殺しまで起きた」タグの声がした。

「そうそう、そいつが一番のアクシデントだ。一体何を考えてやがるんだか、こんな時に人殺しなんてやったやつがいるんだ。電話でいった通りさ」

足音がまた遠くに移動していく。食堂の方に行ったらしい。そこからぼそぼそと話す声が聞こえてきた。

「死体はまだ部屋だよ」ジンの声がかすかに聞こえた。「ああ、犯人はわからねえ。内輪でいろいろと議論はしているみたいだが、まだ何も……そうなんだ」

この異常な状況には、ジンが頼りにしていた相棒も困り果てているらしい。その証拠にずいぶん長い間沈黙が続いた。

再び声をひそめて話す気配があった。

「ああ、そうだな。俺たちには関係のないことだし、一刻も早くここを出た方がいいだろうな」

ジンがいっている。「そうなると、やっぱり誰か一人を人質に連れていくべきだと思うね。どいつを連れていこう？　女だよな、当然」

彼等の足音が戻ってきた。人質にふさわしい人間を物色しようということらしい。

「フジ、とかいう人に話があるんだがね」

伸彦の声がした。高之のすぐ横で、誰かの立ち止まる気配があった。

「何だ」と答えたのはジンだった。「自分を人質に選べとかいうのなら、いっても無駄だぜ。俺たちはこういうことでは妥協したりしないからさ」

「もうそんなことはいわない。じつは取引したいと思うのだがね」

「取引？」

「すまないが、君は黙っててくれないか。私はフジという人に話してるんだ。その人がリーダーらしいからな」

「別に誰がリーダーというわけじゃない」

三下扱いされたことが気に障《さわ》ったらしく、ジンは不機嫌そうな声でいった。「それにフジだって、ちゃんと話を聞いている。文句をいわずに、さっさと自分の用件をしゃべるんだ」

少し間を置いてから仲彦は話しだした。

「じつは人質のことで取引したい。君たちはこの中の誰かを人質に連れていくつもりだろうが、それもまた君たちにとって安全なことだとは思えない。人目につきやすいし、動きもとりにくいだろう」

「そんなことは百も承知さ」

「人質をどこで解放するかという問題もある。それに目隠しをしても、人質がほんの些細なことを覚えていて、それがきっかけで警察が君たちのことを嗅《か》ぎつけるということだってありうる」

「そういう恐れがある時には」

ジンの声と共に、コンコンと何かを叩く音がした。「それなりの手を使うさ。あんたたちに心配してもらう問題じゃない」

「殺してしまえばいいというのか」

「それはまあ最後の手段だがね」

「そんなことをするよりも、もっといい手がある。だから取引をしようというんだ」

「俺たちが無事に逃げられるような取引かい？」

「無論そうだ。まずここにいる人間を人質に連れていくのはやめてほしい」

「じゃあ誰を連れて行くんだ？」

苛立《いらだ》った声がする。それに対して伸彦は、低く落ち着いた声でいった。

「雪絵さんだ」

「何だって」と同時に声を上げたのは、利明と木戸だった。高之も思わず口を開きかけていた。

「おいあんた正気かい？」とジンはいった。「死んだ人間を人質に取ってどうするんだよ。そんなもの、威しにも何にもならないじゃねえか」

「しかし君たちの目的は、我々の通報を遅らせることにあるのだろう。その目的なら充分に果たせる。まずこういうことにしておくんだ。君たちが連れていったのは死体じゃない。生きている雪絵さんだった。だが彼女に君たちの秘密を知られたため、逃走の途中で殺し、死体を捨てた」

「おいおい」とジンは笑いを含ませた声でいった。「それはムシのいい考えというものだぜ。人殺しの罪まで俺たちに着せようってのか」

「話は最後まで聞くものだ」と仲彦はいった。「君も今までのやりとりを聞いていたから知っていると思うが、彼女を殺した犯人がこの中にいる確率はかなり高い。しかしこんなことが明るみに出れば、森崎家の信用にかかわる。ひいては森崎製薬の大変なイメージダウンだ。したがって私としては今回の事件、雪絵さん殺しを何とか内密に処理してしまいたいのだよ。そのためには、彼女は君たちに人質として連れさられ、その挙げ句に殺されたという状況にするのが一番怪しまれない。おそらく警察も信じるだろう」

「そっちはよくても、こっちはよくないぜ」

「そうかな。君たちがそのようにして死体を持ち去ってくれれば、安全を確保できるまで警察には通報しないと約束しよう。わかるかね？　そういう状況では、こちらとしても君たちに捕まってもらっては困るのだよ」

考えたな、と高之は仲彦の策士ぶりに舌を巻いた。たしかにこれなら人質を出さずに済むし、雪絵殺しを闇に葬ることもできる。彼としては、強盗に監禁されたことはともかく、殺人事件のことは絶対に世間には知られたくないのだ。

ジンたちもこの突飛な提案に戸惑ったようだ。何とも答えないでいる。そのうちに意外な方向から横槍が入った。

「おじさま、あたしは事件を隠すのには反対です。何としてでも犯人を突きとめて、全ての真相を明らかにすべきです」

阿川桂子だった。その彼女に伸彦はいった。

「警察に犯人を逮捕させるのだけが解決ではない。世間からは隠した上で、我々だけの力で改めて真相を追求すればいい」

「でも……」

「青臭い論議をするつもりはないよ。私には守らねばならないものが数多くある。君には理解できないかもしれないが」

「たしかに悪い考えじゃないが、こっちとしては安心できないな」

フジと相談したらしく、少し間を置いてからジンがいった。「あんたたちの気が、途中で変わらないとも限らないからな。俺たちがここを出たあとで、やっぱり何もかも公表しようってことになったらまずい」

「そんなことにはならんよ。保証しよう」

「あんたに保証してもらっても何の意味もねえよ。そっちの女性なんかは、反対みたいだしな」

阿川桂子のことをいっているらしい。「ほかにも口には出さないが、あんたの方針に反対の人間はいるんじゃないのかね」

「全員、私が責任を持って説得する。君たちを裏切ったりはしない」

「その言葉を信用しろという方が無理だぜ」

「頼むから私を信じてほしい。本当に、殺人事件のことを公表したくはないんだ」

「口でいくらいっても無駄さ」

ジンがとりあわないので、伸彦は黙った。とうとう諦めたのかと高之は思ったが、そうではなかった。彼はまた別の話を持ち出してきたのだ。

「こちらの弱みを握ることは、君たちにとって必要なことだと思うのだが」

少しトーンを落としていった。

「だから人質を連れていく。それが弱味を握るってことさ」

「その人質を、どこまでも連れていくわけにはいかないだろう。いずれは君たちの手を離れる。その者の安否が確認された時点で、我々は君たちに何の弱みも摑まれていないということになる」

「だったらどうするっていうんだよ?」

からかうような調子でジンは訊いた。

「当然君たちについて知っていることを全て警察に話す。君たちの年格好、ジン、タグ、フジという通称――」

「しゃべりたければ、しゃべればいいさ。それだけの手掛かりで警察に何が出来るか、見ものだぜ」

ジンがおどけていうのを無視して、伸彦は続けた。「仲間の一人が、銀行内部の人間だということも話していいのかね」

がたんと何かが床にぶつかる音がした。たぶん椅子だ。フジが驚いて立ち上がった拍子に、椅子が倒れたのではないかと高之は想像した。

「いやフジ、俺がしゃべったわけじゃない。いろいろなやりとりから、こいつらが勝手に見当をつけていっていることなんだ」

フジという人物がどういう反応を示しているのか、高之には目に浮かぶようだった。その証拠に明らかにジンは狼狽《ろうばい》している。

彼等は再び小声で何か相談を始めた。今度はさっきよりもかなり長く感じられた。

「本気かい、親父?」

高之の隣で利明が囁いた。

「もちろん本気だ。おまえにも協力してもらう。もちろんほかの人にもな」

「隠し続けられるとは思えないな。日本の警察は優秀だというぜ。雪絵さんがこの別荘内で殺されたことなんか、簡単にばれてしまうんじゃないか」

「大丈夫、ばれるはずがない。まさかこの状況下で殺人事件が起こったとは、警察だって考えんだろうさ」

「たしかに人にいっても信用してもらえる話じゃないがな」

やがて足音が近づいてきた。ジンたちの相談がまとまったらしい。

「どうかね、私との取引にのってもらえるかね」

伸彦が返事を催促した。

「残念だが、取引には応じられないということになった」

ジンの声がした。だがその声に今までとは違った硬さがあった。

「なぜかね、この取引に応じるのが君たちにとってベストだと思うのだが」

「状況が変わった。それよりももっと確実な道を選ぶことにしたんだ」

「確実な方法?」

「ああ」とジンはいった。「あんたたち全員を殺すという道さ」

4

数秒間、誰も声を発しなかった。高之もそうだが、ほかの人質たちも驚きのあまり返す言葉を失っているに違いなかった。そしてジンは、そういう哀れな人質たちの反応を楽しんでいるのかもしれない。

「そんなこと……冗談だろ？」

木戸の声は震えていた。

「気の毒だが、冗談じゃねえんだよ。いろいろと相談した結果、それが一番確実だってことになったんだ。まあ悪く思わないでくれ」

「いやだ、殺さないでくれ。殺す必要なんかないじゃないか。おまえたちのことは誰にもいわないと約束する。だから、お願いだ、それだけはやめてくれ」

木戸は半ば泣き声になっていた。涙を流しているのかもしれない。そして彼がこれほどの狂態ぶりを示したために、高之などは逆に冷静さを取り戻していた。

「七人全員を殺すというのか」と高之は訊いた。

「ああ、そういうことだ」

「それがどういうことを意味するのかわかっているのか。もし万一捕まった時には、あんたたち三人とも死刑だぞ」

こういうと、少し返答まで間があいた。まるでジンがフジに相談しているように高之には感じられた。彼等の決定権を、フジが摑んでいるのは間違いない。

「捕まりゃしないさ」と、ようやくジンがいった。「そのために全員殺すんだ。それにさ、仮に捕まったとしても、なかなか死刑にはならねえもんだぜ。反省の色とかいうのを顔に出してりゃ、弁護士がうまくやってくれるものなのさ」

「狂ってるわ」と阿川桂子が叫んだ。「あなたたち、人間じゃないわよ」

「仕方ないんだよ」

ジンがいった時、突然誰かが激しく泣き叫び始めた。厚子の声だ。しかしすぐにぴしりとどこかを叩く音がすると、「ひっ」といって彼女は泣きやんだ。ジンの声がする方向とは違うから、フジが彼女の頰のあたりを叩いたのかもしれない。

「騒ぐな。フジを怒らせるな」とジンがいった。

何とかしなければ、と高之は思った。フジは思った以上に残忍な人間なのだ。全員を殺すという方針も、フジがたてたものに違いない。

「殺すといっても、いったいどうやるつもりなんだ」

利明が訊いた。するとまた少し間があいた。ぼそぼそとジンの声がする。おそらくフジから指示を受けているのだろう。

「それをあんたたちにいう必要はない。まあ心配しなくても、一人ずつ殺すなんていう残酷なことはしない。皆一緒に葬ってやるよ」

「葬る？」

「タグ、フジの車にガソリンが積んであるそうだ。取ってきてくれ」

「ガソリン……燃やす気か」

利明がいうと、ジンは咳払いをした。肯定したということだろう。厚子が再び声をあげて泣き始めた。

「森崎さん、あんたが悪いんだ。あんたが余計なことをいうから、こんなことになってしまったじゃないか。あのまま黙っていれば、人質を一人出せば済む問題だったのに」

木戸が喚《わめ》きだした。死を目の前にして、自分を見失っているのだ。人質になるのは自分ではなかったはずだという意識が、エゴをむきだしにさせている。

「待ってくれ。フジ、あんたに話だ。もう一度親父がいった取引のことを考えてくれ。決して悪い話ではないはずだ」

利明が必死の口調でいった。

「それについては、もうこっちで相談したんだ。あんたらがフジの身元に気づいた以上、生かしておくわけにはいかない」

「我々がそれを話すと思うのか。親父もいったように、死体を持っていってくれるなら、こっちとしてはあんたたちが捕まらないよう祈ることになるだろう。自分たちの首を締めるようなことはしない」

「それが信用できない、信用するだけの根拠がないとフジはいってるんだ」

答えたのはジンだが、ここには初めてフジの意思というものが含まれていた。「根拠がない以上、その取引にのるのは、こっちとしては賭けになる。賭けを怖がるわけじゃないが、リスクを払うわりにメリットが少ないということだ。それだけの取引をして、単に警察への通報が遅れるだけというのは割りに合わない。それならば皆殺しにしてここを出た方が、てっとり早い」

その時タグの戻ってくる音がした。かすかにガソリンの臭いが鼻についた。「ご苦労さん」とジンがいった。

「フジ、どんなふうに撒《ま》けばいい？」

タグが訊いている。こんなことまで指示を仰ぐらしい。「そうか、この部屋の周りを一周して、その後全員にぶっかけてから火をつけるのか」

「その方が確実だからな」

ジンがいった直後、何かがこぼれるような音がした。同時にガソリン特有の臭いが部屋中に満ちた。「助けてくれ」木戸が絶望的な声を出した。

「ちょっと待った。待ってくれ、フジ。まだ近くにいるんだろ、俺の話を聞いてくれ」

利明が早口でいった。

「もう時間切れだ。諦めるんだな」

「とにかく聞いてくれ。あんたは今、メリットがないといった。しかしここで皆殺しにするよりはメリットがある。なぜなら、我々に嘘をつかせることだって出来るからだ」

一瞬静寂が襲った。そのあとでジンの声がした。「ストップだ、タグ」

タグはガソリンを撒くのをやめたらしい。何も物音がしなくなった。

「どういう嘘をついてくれるんだ」とジンが訊いた。

「どういう嘘でも。犯人は一人、しかも長身で若い男だといってもいいし、外国人だったと証言してもいい。とにかくあんたたちに都合のいい嘘をつくことにしよう」

「ちょっと待ってな」

足音が食堂の方に移動するのがわかった。利明の提案は、強盗たちが検討するだけの価値を持っていたようだ。

「こんな目に遭わされて、なおかつ彼等を庇《かば》うようなことをしろというんですか」

阿川桂子がいった。責めるような響きがある。

「助かるためだ。さっき親父にもいわれただろう、青臭い意見は聞きたくない」

有無をいわさぬ口調だった。

やがてジンたちが戻ってきた。

「せっかくだが、今の状態じゃあその条件をのむわけにはいかないな。今度の殺しについて、俺たちには何もわかってねえからな。そういう死体を持って歩いて、いいことがあるとは思えない」

「しかし我々が殺人事件を隠したがっているのはわかるだろう」

「それはそうだが、犯人が誰かも不明のままではな。弱みを握ったことにはならんさ」

利明は絶句した。その間隙をつくようにジンはいった。「ただし、犯人が誰なのかをはっきりさせられるというなら、考えないこともない。といっても、必ず助けるという約束はできねえがな。まあ結果次第では、方針を変えてもいいということだ」

「そういわれても、こんな状況でどうしろというのかね」

伸彦が少し息苦しそうにいった。

「時間をやる。一時間だ。その間に議論でも話し合いでもやって、犯人が誰かをはっきりさせるんだ。それが出来ない時は残念だが、全員死んでもらう。わかったな」

「待ってちょうだい。犯人がわかれば助けてくれるのね」厚子の声がした。

「結果次第だがね」

「わかりました。じゃあ白状します。雪絵さんを殺したのは……私、わたしです」

「何だって」

「お母さん何をいいだすんだ」

森崎父子が交互に驚きの声をだした。

「いいえ、本当……ほんとうのことなのよ。私が、その、雪絵さんを殺しました」

これは嘘だ、と高之はすぐに見抜いた。ジンたちの考えを変えるために、自らが犯人として名乗り出ることにしたにすぎないのだろう。何しろ雪絵が殺された時、彼女はずっとジンと一緒だったはずなのだ。

彼女が犯人でないことを一番よくわかっているジンは、鼻を鳴らした。

「嘘はよくないよ、奥さん」

「いいえ信じてちょうだい。私がやったことなの」

「じゃあ訊くがね、例の日記帳の破れた頁はどこにある？　それをいえるなら犯人と認めてやってもいい」

「それは……捨てたのよ。細かくちぎってお手洗いに……」

「何が書いてあった？」

「だから、あの、雪絵さんが朋美を殺したということよ」

「そうかい、つまり復讐というわけだな。じゃあ訊くが、あの雪絵という女があんたの娘を殺したってことを、どうやって知ったんだい？」

「えっ……」

小さく声を漏らしたきり、厚子は何もいわなくなった。「そらみろ」とジンはいった。

「それが答えられないってのはおかしいよな。あんたの気持ちはわかるが、俺と一晩中一緒にいて、どうやって人殺しなんかできるんだよ。インチキはなしだぜ」

「私を犯人ということにしておけばいいじゃないの」

「そういうわけにはいかない。真相をはっきりさせるんだ。いいな、わかったな。時間はあと五十五分しかないぜ」

5

しばらくは誰もが黙ったままだった。手足の自由を奪われ、目も見えないという状態では、言葉を発するという行為にすら慎重になってしまう。

「こうなった以上は仕方がない。何とか真相を究明しよう。黙りこんでいる時じゃない」

まず利明が皆に呼びかける。

「いったい誰なんだ。正直にいってくれ」木戸の叫び声がした。「いまさら隠していても意味がないじゃないか。どうせ殺されるんだ。それならば罪を白状した方がいい。仮に犯人がわかったとしても、警察にはいわないということになっているんだ」

彼の言葉は、見えない相手、誰かもわからない相手に向けられている。しかし残念ながら、名乗る者はいなかった。

「消去法でいきましょう。まず、おばさまは容疑から外せると思います」

阿川桂子が口火を切る形でいった。

「賛成です。奥様には不可能だ」と高之も同意した。

「しかしそれ以外には誰も消去できないな」と利明。「動機という点からしても、ほぼ全員に可能性があるということは、今朝の議論ではっきりしているしな」

「下条さんを外してもいいんじゃないですか」

高之は提案してみた。彼女はどう考えても部外者だと思った。

「いいえ、それは論理的ではありませんわ」

反対したのは、ほかならぬ下条玲子本人だった。

「さっきもいいましたけど、どこにどういう隠された関係があるかもしれません。消去は客観的に行ってください」

「そうはいわれても、消去のための材料がない」

利明は大きなため息をついた。

「いいえ、材料はありますわ、落ち着いて考えれば」

下条玲子がきっぱりといった。その口ぶりがあまりに余裕を持って聞こえたので、高之は意外な気がした。そして場がいっとき静まりかえった。

「へえ、部外者である君の口から、そういう自信たっぷりの言葉を聞けるとは思わなかったな。どういう材料があるというんだ」

利明の口調は皮肉混じりだが、期待がこめられていることも明らかだった。

「まずここで監禁されてからのことを思いだす必要があります」

下条玲子はよく通る声で話し始めた。「私もそうですが、高之さんたちも、いろいろな手段を使ってこの状況を外に知らせようとしました」

彼女は地面にＳＯＳの文字を書いたこと、ブレーカーが落ちて停電するよう仕掛けたことなどを話した。

「何だと、そんなことをやっていやがったのか」

突然ジンの声が頭の上でした。彼等は上からこちらのやりとりを聞いているらしい。

「でも結局全部失敗したのです。誰かが妨害したからですわ」

その妨害について説明すると、「誰がそんなことをやったんだ」と今度は不思議そうにジンはいった。「いっとくけど、俺じゃないぜ」

「問題は、なぜそんな妨害をしたかですわ。その時点では、私は全く見当がつきませんでした。でも雪絵さんが殺されたことを知った時、その意味に気づいたのです」

「妨害したのは雪絵さんを殺した犯人で、すべて犯行の準備だった――そうですね」

自分も考え続けていたことを、高之は口に出した。

「たぶんそうだと思います。彼女を殺して、その罪を強盗犯に押しつける――犯人はそう考えたのでしょう。だからそれまでこの監禁状態を続ける必要があったのです」

「さらに死体発見を遅らせる狙いもあったと思います」と高之はいった。「警察の捜査が遅れれば、それだけ真相に到達する確率も低くなりますから」

「私もそう思います」

「ということは、犯人を絞る二つの材料が出来たわけだな。ひとつ目は、誰にSOSの文字を消せたか。もう一つは、停電作戦を阻止できたのは誰か」

議論の足がかりを見つけて、利明の声は興奮気味だった。

「まずSOSの文字からいきましょう。高之さんは、私が地面にSOSの文字を書いたことを、誰かに話しましたか？」

「いいえ誰にも話していません」

「そうですか。私も誰にも話してはいません」

「もしそうなら、犯人は偶然見つけたということになるな。トイレの窓から見えたのかもしれない」

伸彦が独り言のように呟いたが、下条玲子は何とも答えず、

「高之さん以外で、あの文字が書かれていることを知っていた人がいたら申し出てください」

と、呼びかけた。返事する者はいなかった。

「この局面で真犯人が名乗りでることはないと思うな」利明がいった。「もっとも、下条さんや高之君が犯人なら話は別だが」

「そうでしょうね。では次の質問に移りましょう。タイマーのことです。この計画については、皆さん御存じだったはずです。昨夜の夜七時に、停電になるという段取りでした。ところが実際にはタイマーが壊されていました。その前にお手洗いに入った人が怪しいということになります。そこでお尋ねします。この計画を聞いてから、お手洗いに行った人は名乗り出てください」

「私、行きました」

まず厚子が切りだした。「でもタイマーには触りもしませんでした。機械は苦手で、自分でいじったこともないんです」

「私も入ったよ。たしか六時ちょうど頃だったと思う。タイマーを仕掛けたすぐ後だな。無論その時は異状はなかった」

伸彦が硬い口調でいった。

「あたしもお手洗いに行きました」と阿川桂子。「そのタイマーがどういうものか見ておきたかったんです。あたしもあまり機械には強くないのですけど、見たところは問題ないようでした」

「僕も行きましたが、タイマーの具合まではチェックしなかったな……」

木戸の言葉の語尾が、微妙に震えた。

「手洗いに行ったのはそれだけだったかな。もっといたと思うんだが――」

利明が呟いたが、自信のある口ぶりではない。じつは高之も同感だったが、よく覚えてはいなかった。木戸が手洗いに行ったことが、ぼんやりと記憶に残っている程度だ。

「どうもうまく絞れないようだな。時間もないことだし、その方向からは責めない方がいいんじゃないのかね」

「そういう親父に何か考えがあるのかい？」

「考えというほどのものではないが、たとえば動機の点からもう一度掘り下げてみるのも、ひとつの手ではないかな。すでにいろいろな説が出てはいるが、どれも皆説得力に乏しいような気がするのでね」

「あら、どのへんが説得力に欠けているんですか」

自分の説にケチをつけられたと感じたか、たちまち阿川桂子が詰問した。

「どのへんが、ということではないよ。全体的に現実離れしているように思えるといってるんだ。私としては、殺人みたいなことは衝動的に行われるものだと思うのだが」

「いや衝動的に行ったものなら、様々な妨害工作の説明がつかないんじゃないか。それにこの段階で動機から調べてる余裕はない。とにかく、もう少し下条さんの考えを聞いてみよう」

利明が話のバトンを再び玲子に戻した。

「桂子さん、あなたはどの程度タイマーを御覧になりましたか」玲子は訊いた。

「だから、あまりよくは見ていません。ただ、コードが切られたりはしていませんでした。それはたしかです」

彼女の言葉を信じるなら、その段階ではまだ犯人は手洗いには行っていないということだ。となると――。

「僕じゃない」と木戸がいった。「僕はそんなことはしていない」

「木戸さん、興奮しないでください。私はまだ何もいっていませんわ」

「だけど阿川さんの後にトイレに行った者となると、僕しかいないじゃないか」

「たしかに木戸さんの立場は微妙ですけど、それだけのことで疑ったりはしません。落ち着いてください」

目が見えない不自由さからか、木戸は盛りのついた犬のように息を荒くした。

「さて」と下条玲子は、ますます冷静な声でいった。「次の質問に移ります。皆さんの中に、今回睡眠薬を持ってこられた方はいらっしゃいませんか」

「睡眠薬？」利明が怪訝そうな声をあげた。

「睡眠薬なら、少し持ってきましたけど。部屋のバッグの中に入れてあります。旅行すると眠れないことがあるので……」

まず名乗り出たのは厚子だった。それから木戸が唸るように、「僕も一応鞄の中に入れてあります。でもそれがどうだというんですか」といった。

「それは後で説明します。ほかにはいらっしゃいませんね。では奥様、木戸さん、誰かにその薬を渡されましたか」

誰にも渡していないと二人は答えた。

「いったいどういう主旨の質問かね」

「ですから社長、御説明は後でさせていただきますわ」

『後で』というところで妙にアクセントを強めたのが、高之には妙に気にかかった。

「探偵さんの聞きこみはそこまでかい？」

下条玲子が話を打ち切ったようすなので、ジンが上から声をかけてきた。同時に階段を下りてくる足音もする。「話を終えたところを見ると、どうやら犯人の目星がついたらしいな」

「ちょっ、ちょっと待ってくれ。まだ一時間は経っていないだろう。こんなわけのわからない状態では、何ひとつ解明できるはずがないじゃないか」

伸彦があわてたようすでいった。高之も同感だったが、これ以上何を議論すべきなのか、全くわからなかった。

「社長さんはああいってるが、名探偵さんはどうなんだい。もう少し時間が欲しいのかい。あと三十分ぐらいなら待ってやってもいいぜ」

だが下条玲子は落ち着きはらった声で答えた。

「いいえ、もう時間は結構です。これですべてわかりました」

「わかったって？」

利明が声をはりあげた。「今のやりとりで、犯人がわかったというのかい？」

「ええ、わかりました。何もかも私の推理通りでした」

「ようし、面白い。じゃあいってもらおうじゃないか。誰が犯人なんだ？」

ジンがすごんだが、玲子はじらすように、

「その前に目隠しだけでも外していただけないかしら。何も見えないと、状況を説明するのが難しくて」

「仕方ねえな。よしタグ、全員の目隠しを外してやってくれ」

6

目隠しを外されると、わずかな光も眩しく感じられ、高之は何度も瞬きした。周りの者も同じようにしている。

高之はジンを見た。フジの姿がなかったからだ。利明などもあたりを見回している。

「フジは二階に行ったよ。顔を見られるわけにはいかないからな」

「たとえ見たとしても、警察に話したりはしないさ」と利明がいった。

「簡単には信用できないな。さあ、それより早く始めてくれ」

ジンの声に、皆も下条玲子に注目した。彼女は深呼吸をひとつした。

「私がある人に疑いを抱いたきっかけは、例のSOSの文字を消されたことからです。まずSOSの文字を消せたのは誰か？　これは手洗いの窓からホースで水を流すだけのことですから、誰にでも可能だったといえます。ただし、こういう問題は残ります。手洗いの窓のすぐ下にＳＯＳの文字があることを、その人物はどうして知ることができたのか。知っていたのは私と高之さんだけのはずで、二人とも誰にも話していません」

「だから窓を覗いて見つけたんだろう？」

玲子のもって回った言い方にじれたようにジンはいった。

「いいえ」と彼女はいった。「そんなはずはありません。あの文字は窓の真下過ぎて、手洗いの中からは見えなかったはずなのです。あなたたちに見つからないよう、私もそういう場所を選んで書いたのですから」

はっと全員が息を飲んだように思えた。高之もそんなことには気づかなかった。

「すると」

利明がいい、皆の視線が高之に向けられた。

「いえ、高之さんではありません。ＳＯＳの文字が消されていることは、高之さんが私に教えてくださったのです。もし高之さんが消したのなら、黙っていればいいことですわ」

「では話が合わないじゃないか。ＳＯＳのことを知っている者は、ほかにはいなかったのだろう」

「ええですから、何かのきっかけで見つけた者がいるのですわ」

「どうやって知るんだ。中からは見えねえんだろう」

ジンは怒った口調でいった。

「ええ、手洗いの窓からは。でも二階の窓からなら、見えただろうと思います」

「二階?」ジンは顔を歪《ゆが》めた。「そんなはずはねえだろ。今聞いたところだと、そのSOSがどうのこうのいってる頃は、全員ここにいたはずだ。二階に上がった者なんか、一人もいねえはずだ」

「いえ、それがいるんです。一人だけ」

「誰だ?」

下条玲子は目をゆっくりと移動させ、ある人物のところで止めた。

「森崎社長です」

「まさか、そんな……」

利明は目を血走らせた。伸彦は表情を変えず、斜め下方を見つめている。

「覚えておられますか。社長が奥様のために、何か羽織るものを部屋に取りに行きたいとおっしゃったでしょう。おそらくあの時部屋の窓から、SOSの文字を見つけたのだろうと思います」

「そうだ、そいつ、あの時窓から外を見ていた。間違いない」

今まで黙っていたタグが、突然口を挟んだ。そういえばあの時彼は伸彦についていったのだった。

伸彦はゆっくりと顔を上げると、仕事上では良きパートナーであるはずの秘書を見つめた。

「それだけのことで、私を犯人扱いするつもりかね」

「いいえ、ただそのことが、私が社長を疑うきっかけになったのです」

「残念だよ、君にこういう疑われ方をされるとはね」

伸彦は不敵ともいえる微笑を浮かべ、首を小さく横にふった。

「私も残念ですわ。でもタイマーが壊されたことを考えても、社長以外に犯人はありえないのです」

「どういうことですか」と高之は訊いた。

「先程も確認しましたが、タイマーがセットされてから、何人かの方が手洗いに入られました。じゃあ犯人もその時にタイマーを壊したのでしょうか。犯人の心理として、それはないと思います」

「なぜですか」

「それは考えようによっては非常に危険だからです。犯人がタイマーを壊した後、誰も手洗いに入らないとはかぎりません。そして後から入った人は、ちゃんとタイマーが作動しているかどうかを確かめるかもしれないのです。その時に壊れていることがわかったら、その前に入った人間が疑われることになります」

「なるほどなあ」

ジンが感心したようにいった。タグもうんうんと頷いている。

「何度もいうようですけど、あたしが入った時、タイマーは動いていました」

阿川桂子がいった。

「ですからその時点では、犯人としては、疑われないためにもタイマーを壊してしまうわけにはいかなかったのです。だからといって、セットされた時刻に停電を起こしたくもなかった。そこで犯人はとりあえず、タイマーの目盛りを少し動かしておいたのだと思います。七時ちょうどに作動すべきところを、七時二十分ぐらいにしておくとかです。だから予定の時刻が来ても当然停電にはなりませんでした。皆が不審に思う中、犯人は様子を見に行くようなふりをして手洗いに入り、今度は本当に壊してしまう。その上で皆にいうのです。何者かによってタイマーが壊されていた、と」

高之は息を飲み、伸彦を見た。下条玲子のいった通りだ。停電させる計画が失敗したとわかった時、最初にトイレに行ったのは仲彦だった。

「馬鹿な、くだらない」

仲彦は吐き捨てるようにいった。「何を根拠にそんなことを……」

「社長が行った準備は、もう一つあります。あの、大きい方の人に睡眠薬を飲ませたことです」

あっと皆がタグを見た。そういえばそうだ。あの夜この男が眠りこけたのも、偶然とは思えない。

「奥様が羽織るためのものを取りに二階の部屋に入られた時、奥様のバッグから睡眠薬を抜き取っておいたのだと想像します。あとは夕食時に隙を見てビールに混ぜ、あの大きい方の人を眠らせる。そしていろいろと口実をつけて、各自がそれぞれ部屋で休めるよう交渉したというわけです」

「そうか、考えてみれば簡単なことだ」とジンはいった。「一人ひとりが部屋に入らなければ、今度の殺しは起こらなかったんだ。ということは、最初にそんなことを提案した人間が一番怪しいということになる」

「でたらめだ。いったいどこに証拠があるのかね。第一、なぜ私が雪絵さんを殺さなければならないんだ」

仮に証拠がなくても、このうろたえぶりが物語っていると高之は思った。そして同じ思いなのか、利明や厚子は絶望的な眼差しを彼に向けている。

「動機は阿川さんがおっしゃった通りですわ」と下条玲子はいった。「雪絵さんは朋美さんを殺した、だからその復讐をされたのです。社長がこの別荘に皆を集めたのも、それが目的だったのですね。たまたま強盗二人が現れたので、それを利用することを思いつかれたのでしょうけど」

「無茶をいうな。朋美の死は事故だったと信じている私が、雪絵さんを疑うはずがないじゃないか」

「いいえ、社長は御存じだったはずです。最初に朋美さんの遺品を受け取ったのは、社長だったそうです。その時ピルケースの中は、空だったのじゃありませんか」

「空だった？」

利明は父親の顔を見た。伸彦のこめかみに、汗がひと筋流れた。

「何のことやらさっぱり……」

「ピルケースの中は空だったのです」と玲子はいった。「でも社長もその時は、まだ不審にも思わなかったはずです。変だと思ったのは、次に奥様がピルケースを開け、中に薬が入っているのを見た時でしょう。自分が見た時にはなかったはずの薬が、いつの間にかピルケースの中に入っているのですから。社長は遺品を奥様に見せる前に、雪絵さんに預けておられます。ということは雪絵さんが、空のピルケースに薬を補充したということになります。なぜ彼女がそんなことをしたのか？」

「朋美が薬を飲んだという事実を隠すためだわ」

阿川桂子が両方の瞼を大きく開いていった。「雪絵さんは、朋美のピルケースの中の薬を睡眠薬とすりかえたのよ。そうして彼女を死なせることには成功したけれど、心配なことがあった。それは警察が妙な疑いを持って、遺体を解剖することだわ。だからとにかく何の薬も飲んでいないということにするため、元どおりピルケースに薬を入れておいたのよ」

「おそらくそうでしょうね。そうして社長もそのことに気づかれたのでしょう。だからいずれ雪絵さんに復讐するつもりだった――」

「でたらめだ、いい加減なことをいうのはやめたまえ」

伸彦は口から唾を飛ばし、嚙みつくような目で下条玲子を睨みつけた。そのとりみだしようは、一同の疑惑を決定づけることになった。

「森崎さん、どうしてそんなことを……」

木戸が恨みのこもった目で見た。

「あなた……」

「親父、本当のことをいってくれ」

妻と息子から切ないような目を向けられ、伸彦も耐えかねたようだった。彼は後ろ手に縛られたまま、立ち上がり、ベランダに向かって走りだした。いつの間にか、足の紐をほどいていたのだ。

「あっ、待て」

ジンとタグが追い掛けた。しかし遅かった。伸彦はあの年齢からは考えられない身軽さで、ベランダの手すりを越えて飛びおりたのだ。

「あっ、あなた」

厚子が叫んだ直後、何かが湖に落ちた音がした。

第六幕――悪　夢

1

ジンとタグはベランダに出て、ずいぶん長い間湖を見下ろしていたが、やがて諦めたように部屋に戻ってきた。

「だめだな」とジンはいった。「浮かんでこない。気の毒だが、助かる見込みはなさそうだ」

その途端厚子は、大声をあげて泣きだした。

「ああ、なんてことなの。何も死ぬことはなかったのに。まだ何か方法があったかもしれないのに」

ほかの者は黙りこんでいた。中でも下条玲子は、伸彦を追いつめた責任を感じているのか、辛そうに眉を寄せてがっくりとうなだれていた。

「タグ、見張っててくれ。フジと相談してくる」

そういうとジンは階段を上がっていった。フジは高之の部屋にいるらしい。信じられない出来事に、皆呆然自失していた。重苦しい沈黙の中で、厚子のすすり泣きだけが続いている。

間もなく二階からジンが下りてきた。

「あんたたちに朗報だぜ」とジンはいった。「殺すのはやめることにした。俺たちは明日の夜明け前に出て行くが、その時にそっちの言い分通り、女の死体を持っていってやる。警察には人質に取られたんだといえ。それからあの男は、俺たちから逃げようとしてベランダから飛びおりた、ということにしておこう」

「ほかに警察にいうことは？」と利明が訊いた。

「俺たちの年格好については、銀行の人間にある程度見られてるから、あまり極端な嘘をつくと却《かえ》って怪しまれるだろう。だからこういうふうにいうんだ。強盗たちは関西弁で話していて、そっちの方に逃げるようなことを言っていた、とな。そうすれば警察の動きをかなり狂わせることができる」

「わかった。そういうふうにいおう」

雪絵殺しの犯人が伸彦だということは、森崎家の人間にとっては絶対に隠したいことだった。ジンたちもその重要性がわかるから、条件を飲む気になったのだろう。

「ところでおたくら二人はいいとしてもさ、ほかの連中の口はちゃんと保証してくれるんだろうな」

ジンは利明と厚子以外の人間を見回していった。

「大丈夫、俺が何としてでも協力させる。信用してくれ」

利明は高之たちを見て答えた。

説得などされなくても、高之はこのことを警察にいう気などなかった。阿川桂子も朋美の仇を討ったということで伸彦に同情的なようすだし、木戸は雪絵の犯行を公表することは避けたいようすで、この二人については問題がない。残るは下条玲子だが、警察に真相を述べるメリットは皆無だし、上司が殺人犯だという事実は今後どういうデメリットを生むか知れない。結局のところ利明は、説得に大した苦労をしないですみそうだった。

「さてと、それじゃあ俺は出発まで、少し眠らせてもらうとするか。タグ、今夜はおまえが見張りを頼むぜ」

「俺はねれないのか」

タグは不服そうに鼻を膨《ふく》らませた。

「昨夜あれだけ寝たじゃねえか。俺はここへ来てから殆ど一睡もしてねえんだ」

「俺が寝たのは薬のせいだ」

「何のせいだろうと、ぐっすり寝たことに変わりはねえだろ。わかったな、よろしく頼むぜ」

ジンは洋酒の瓶を持って階段を上がりかけたが、

「こんなに大勢を一人で見張るのか？」

タグにいわれて足を止めた。

「縛ってあるじゃねえか」

「いやだ、便所だとかに連れていかなきゃならない。面倒で厄介なのはこりごりだ」

「こっちだって、もううんざりだ」と木戸がこぼした。

「そうかい……じゃあ、ちょっと待っててくれ」

ジンはフジのいる部屋に入ると、二、三分して戻ってきた。

「オーケー、人質をそれぞれの部屋に入れた上で、外からドアを板と釘で固定する。二人以上の人間を一緒にするとロクなことを考えないから、一人ずつだ。明日の朝もそのままにして出ていけば、仮にこいつらが取り引きを反古《ほご》にするつもりでも、警察に通報するのは遅れるだろう」

「いい考えだ」とタグは嬉しそうな顔をした。

「ただし全員じゃない。一人はこのラウンジでタグが見張ってるんだ。何かあった時、この別荘の人間がいないというのは拙《まず》いからな」

「この女がいい」

タグが阿川桂子に手を伸ばしかけたので、彼女は眉をひそめ、身体を硬くした。

「せっかくだが、人質は男にしろとフジがいっている。女は何かと厄介だ。便所に連れていくのだって大変だぜ」

ジンが階段の上からいった。タグは大いに不服そうだったが、桂子の腕を摑みかけていた手を引っ込めた。

「あんたにここに残ってもらおう」

高之を見てジンがいった。「あんたの部屋は俺たちが使うからな」

「好きにすればいいさ」と高之は答えた。

ジンは各自の手足を自由にし、一人ずつ部屋に連れていった。その間にタグが物置から釘と金槌を持ってきた。

「しっかりと固定するんだぜ。少々体当たりをしても外れねえようにな。なあに仮に

二、三日閉じこめられることになっても、人間ってのはそう簡単には飢え死にしないものだぜ。それに何日も連絡がなけりゃ、会社の人間か親戚の人間がようすを見に来るだろうしな」

全員を部屋に入れると、ジンは階段を下りてきた。そして高之の前にしゃがみこんだ。

「悪いが、あんたには少々不自由な思いをしてもらう。といってもそんなに長い時間じゃない。俺たちが出ていく時には、皆と同じように部屋に入ってもらえるよ。手足も自由にしてな」

いいながら彼は高之の両手両足をさらにしっかりと縛り直した。血が止まりそうだ。

「ひとつだけ訊いていいかな」と高之はいった。

「何だい?」

「一体、銀行からいくら盗んだんだ?」

布で目隠ししようとしていたジンの手が止まった。

「どうしてそんなことを訊くんだ?」

「ちょっと興味があったからだよ。どのぐらいの見返りを期待して、強盗なんていう賭けに出るものかと思ってね」

「企業じゃあるまいし、目標額なんてものはねえよ。もちろん多い方がいいに決まってるがな。そうだな、三億ぐらい頂いたかな」

「三億か……」

その金額の価値がよくわからなかった。三億も、ともいえるし、たった三億という気もする。

「三億円のために、人殺しをしてもいいと思ったわけか」

「まあそうだが、金額じゃねえな。人間誰しも、ここで一発命がけの勝負をするって時があるんだよ。そんな時には人殺しだって出来ちまう。あんた、そう思わないかい？　そういう気になったことはないかい？」

「さあ……」

どう答えればいいのか、高之は言葉に困った。

そのうちに声を出したくても出せなくなった。目隠しをされた上に、猿ぐつわまでかまされたからだ。その状態でラウンジに転がされた。床の冷たい感触を、頬で感じた。

「芋虫《いもむし》みたいな格好をさせて悪いけどさ、まあ恨まないでくれ。今もいったように、俺たちは人殺しだってする覚悟だったんだ。それが一人も傷つけずにほっとしてるよ、正直なところ。二人死んだけど、それは俺たちのせいじゃねえしな」

肩をポンと叩かれ、続いてジンの足音が遠ざかっていくのがわかった。タグが金槌をふるう音がリズミカルに聞こえてきた。

2

全身の自由を奪われたまま、高之は一人でラウンジに残されることになった。目も見えない。かすかに虫の声が耳に届くだけだ。そばでタグが見張っているのかもしれないが、その気配を感じられない以上、孤独なのは同じだった。

何ということだと、高之はこの二日間の出来事を改めて思い起こした。この別荘に到着した時には、まさかこのような事態に巻きこまれるとは夢にも思わなかった。

だが高之にとってショックだったのは、強盗たちに監禁されたことよりも、雪絵の死やそれにまつわる真相の方だった。

雪絵が朋美を殺した。そしてその復讐のために、伸彦が雪絵を殺したというのだ。信じられなかった。

雪絵がピルケースの中身をすりかえたという。果たしてそんなことがありうるのだろうか。しかし空だったはずのケースに、こっそりと薬を補充したのが彼女であるなら、そこに何らかの理由があると考えねばならない。

だがいくら考えても、雪絵に人殺しなどという恐ろしいことが出来るとは思えなかった。ほかにもっと隠された事情があるとしか思えない。

——あの日、雪絵さんが朋美と会ったのは事実らしい。ということは……。

ある考えが高之の頭に浮かんだ。それは朋美の死以来彼が信じ続けてきたことを、根底から覆《くつがえ》すものであった。もちろん今回の事件の意味も、全く変わってくる。

——落ちつけ、もう一度整理し直すんだ。

自分にいいきかせ、高之は記憶を順番に辿っていった。だがそうすることで、嫌な想像はますます現実味を帯びてくるようだった。そして雪絵が自分のことを愛してくれていたという事実が、一層明確になって心に迫ってくる。

腋の下を汗がひとしずく流れていった。今夜はいつもに増して涼しい。汗をかくような気温ではなかった。

両手両足を縛られた状態で、高之は何度も寝がえりをうった。不吉な考えが頭から去る気配はなかった。

高之が悶々《もんもん》とした夜を過ごそうとしていた時だ。突然どこかで、コトリと小さな物音が聞こえた。

続いてギシギシと木のきしむような音。

何だろう、と高之は耳をすませた。すると今度はガラス戸の開く音がした。同時に風の入ってくる気配がある。方向から察すると、ベランダの方からだ。

タグがベランダの戸を開けたのか。だが彼が歩けばすぐにわかる。大きな足音がするからだ。そう思っていると、みしり、と床が鳴った。

高之は身構えた。人の息遣いが聞こえる。誰かそばにいるのだ。タグではない。タグは一体どこにいるのだ。

床をするような音がした。這いつくばって、人が近づいてくる。誰だ、と高之は訊こうとした。だが猿ぐつわをされているので声にならない。

「うう……」

高之は呻き声を漏らした。その瞬間、何者かに足首を摑まれた。呻き声が喉の奥で悲鳴に変わったが、それは外には発せられなかった。

「静かにするんだ」

耳元で声がした。その声を聞いて高之はさらに驚いた。それは仲彦の声だったからだ。生きていたのか。

「ひどい目に遭ってるな。待ってろ、今外してやるから」

目隠しを外されると、室内が真っ暗であることがわかった。しかしずっと目を閉じていたので、何も見えないということはない。それでも目の前にいる男が伸彦だとは、すぐにはわからなかった。彼は全身傷だらけで、しかもずぶ濡れだったのだ。

「森崎さん……無事だったのですか」

猿ぐつわを外してもらうと、高之は声をひそめて訊いた。付近を見たが、タグの姿はどこにもなかった。

「何とか生きている。これでも昔は跳び込みの選手だった。もっと高いところから跳んだこともある。今ほど腹の出ていない頃の話さ」

伸彦は高之の手足を自由にしてくれた。「死ぬつもりだったのだが、皮肉なものだよ」

「なぜここに戻ってきたのですか」

「最初は戻ってくる気はなかった。死ななかったとわかった時は、どこか遠くに行こうかとも思った。過去の自分を捨てて、アルバイトでもしてね。以前そういう生活に憧れたことがある」

大会社の社長が夢見そうなことだ。

「しかしゆっくりと考えているうちに、もしかしたらとんでもない過《あやま》ちをしたのではないかという気になってきてね」

「過ちとは、雪絵さんを殺したことですか」

「そうだ。といって、復讐したことを後悔しているのではない。それは何といわれようと、やらなければならないことだった。ただ、復讐すべき相手は、本当に彼女だったのかと思えてきたのだよ」

「どういうことですか」

「まず最初から説明しなければならんな」

身体が痛むのか、仲彦は顔をしかめてから続けた。「真相はだいたい下条君のいった通りだ。全く大したものだよ、誰もがうろたえる中、一人だけ冷静に頭を働かせるのだからな。彼女を秘書に抜擢《ばってき》したのは、この私自身だが、やはりその目に狂いはなかった。彼女はじつに切れる女性だよ。少々切れすぎるというべきかもしれんがね」

「彼女の話では、森崎さんは最初から復讐が目的で、今回の旅行を計画したということでしたが」

「そのとおりだよ」

伸彦は真顔になって頷いた。「雪絵さんに疑惑を抱いたきっかけは、さっき下条君が説明した通りだ。それが確信に変わったのは、朋美の秘密の日記を見つけた時だった。そこには主に君に対する思いを綿々と書きつらねてあったよ。父親として、少々妬けるほどね。ところが死ぬ間際の部分を読んでみると、雪絵さんに君を奪われるのではないかという怯えにとらわれていたことがよくわかる。それで知ったのだよ。あの朋美を殺す動機が、雪絵さんにあるということをね」

「しかしすぐには復讐しなかったのですね」

「舞台設定にこだわったわけではないのだが、単に殺すだけでは気が済まなかった。朋美が死んだこの地で、彼女にも死んでもらうべきだと思ったのだよ」

「でも警察だって動きだすわけだし、容疑者の枠が限られるから危険だとは思わなかったのですか」

「無論、方法は考えてあったさ。理想的には自殺に見せかけたかった。朋美を殺した罪の深さに耐えかねて湖に身を投げるというのが、私が書いたシナリオだった。それがうまくいかない場合は、外部犯の仕業に見せて殺す。雪絵さんが誰からも愛されていたことを警察が知れば、まさか内部に犯人がいるとは思わないだろう」

なるほど、と高之は頷いた。さすがに伸彦だけあって、理想案以外に代替案まで用意してあったのだ。

「ところが、全く予期しない出来事が起こったというわけですか」

「予期しなかったねえ」と仲彦は苦笑まじりに嘆息した。「まさかこんなことになるとは夢にも思わなかった。強盗が押しかけてくることまでは私も想定していない」

「それでも復讐することは変更しなかったのですね。それどころか、この複雑な状況すら利用しようと考えたわけですか」

「この状況で人が殺されれば、強盗の仕業だということに出来ると踏んだのだが、私もどうかしていたな」

仲彦は右手で自分の肩を揉み、二度三度と首を回した。関節が鈍い音をたてた。

「いざ実行してみると、不都合なことばかりだった。最大の誤算は、外部犯の可能性が皆無になってしまったということだよ。考えてみれば当たり前のことなんだが、特殊な環境下で殺人という事業を前にして、私も我を失ってしまったらしい」

「それでも一応目的は達したわけですね」

「一応……だな、まさしく」

仲彦は憂鬱さを表に出した。

「何か問題があったわけですか。復讐すべき相手は別にいるかも、という話でしたが」

「じつは、そういうことなんだ」と彼はいった。「雪絵さんを殺した時のことを話す必要がある。まず例の、ドアの鍵を外しておくようにというメモからだ。じつはメモには君の名前を入れておいたのだ」

「僕の？」

「そう。メモを書いたのが君だと知れば、彼女は必ずいうとおりにするはずだという読みがあったのだよ。そしてこの狙いは見事に的中した。まず私は一晩中ドアの隙間から、あのジンという男のようすを見張っていた。いずれ手洗いに立つだろうと睨んでいたのだ。そして期待通りに奴が消えた瞬間、私は自分の部屋を飛び出して彼女の部屋に向かった。ドアには鍵がかかっておらず、容易に侵入できた。雪絵さんは起きて、君を待っていた。入ってきたのが私だと知ると、意外さと失望の入り混じった顔をした。私は彼女に訊いた。朋美のピルケースに薬を補充しただろう、と」

「それで？」

「彼女はすぐには意味がわからなかったようだが、数秒して気づいた。あの大きな目を、さらに見開いたからね。彼女はいった。ええ、でもこれにはわけがあるんです、とね。しかし私はそのわけというのを聞かなかった。彼女のそういう反応を見れば充分だったのだ。間違いない、この娘が朋美を殺したのだと確信した。私は優しげな顔をして彼女に近づくと、素早く彼女の背後に回り、ためらうことなくナイフを突き刺したのだよ。彼女は殆ど声を出さなかった。苦しそうに、そして悲しそうに私を見ただけだ」

しかし、と仲彦はいい、顔を曇らせた。「彼女は小さく首を振りながら、一言だけいったのだよ。違うんです、でも同罪ですね、と」

「同罪？」

「そう、たしかにそういった。つまり彼女はピルケースに薬を足したことは認めるが、殺そうとしたのは自分ではないといいたかったのかもしれない。だがその時点では、そこまで考える余裕がなかった。人を殺したという興奮で、頭が働かなかったのだ。メモを処分すると、一刻も早くその場を去ることしか考えられなかった。私はドアを細く開いて外のようすを窺い、まだジンが戻ってきていないのをたしかめると、彼女の部屋を出ようとした。その時、背後で物音がした」

仲彦は高之の目を見つめていった。「雪絵さんが日記帳を破っているところだった。さらに彼女はそれをどうしたと思う？」

高之は首をふった。仲彦はいった。「自分の口の中に押しこんだのだよ」

「口の中へ？」

「たぶんその頁には何が何でも隠さねばならないことが書いてあったのだろう。私はそれを奪いたかったが、生憎ジンが手洗いから出る物音がした。ぐずぐずしている余裕がなかったので、そのまま自分の部屋に戻った。あの日記の頁には、朋美を殺したことが書かれてあったのではないか、それを人に知られたくないので、ああいうことをしたのだろうと私は考えた」

そうか彼女が口の中へ入れたのか——見つからないはずだと高之は思った。

「しかし落ちついて考えてみると、死を覚悟した状態でそんなことをする必要があるのかという気にもなってくるのだよ。私は混乱した。その結果、全く別の可能性があることに気づいたのだ」

仲彦のこめかみがぴくりと動くのを高之は見た。ごくりと唾を飲みこんだ。

「別の可能性、とは？」

「彼女が……雪絵さんが誰かを庇っているという可能性だよ」

「あ……」

「そこで彼女の『同罪ですね』という言葉が意味を持ってくる。私はこういうふうに考えたのだ。ここに雪絵さん以外の人物Xを想定する。Xは朋美の命を狙っていた。

その方法として、薬を睡眠薬とすりかえることを思いついた。何も知らない朋美はあの日、その薬をピルケースに入れて教会に行き、その帰りに雪絵さんと会った。偶然会ったのか、待ち合わせをしていたのか、それは不明だ」

たぶん待ち合わせをしていたのだろう、と高之は思った。偶然というのは出来すぎている。

「その時朋美は雪絵さんの前で薬を飲んだのではないかと思う。もちろん朋美は鎮痛薬のつもりだ。しかし雪絵さんは、それが睡眠薬であることに気づいたのではないだろうか。つまり彼女は誰かが朋美の命を狙ったことを知ったのだよ。もう少し踏みこんでいえば、それが誰であるか見当がついていたのではないだろうか」

「なぜ見当がついたのでしょう？」

「はっきりしたことはわからない。だがおそらく」

伸彦はここで一旦言葉を切り、ひとつ頷いてから続けた。「それは雪絵さんにとって非常に大事な人間であったわけだ。だから朋美の死を知った時に彼女がまず考えたことは、ピルケースの中の薬がすりかえられていたことを誰にも気づかせないことだった。そこで遺品を見た時、こっそりと薬を補充しておいたのだ。だから彼女は死ぬ間際にいった。同罪ですね、と」

そうだったのか――高之は拳を握りしめていた。身体中が熱くなってくる。今までとんでもない思い違いをしていたのだ。

「とにかく」と伸彦はいった。「私は大変な過ちを犯してしまったのだ。こうなった以上、逃げまわることはできない。警察に自首し、償うつもりだよ」

「でも雪絵さん殺しについては、あの強盗たちに罪をおしつけられます。償いは償いとして、自首するのはおやめになった方が、御家族のためにも……」

だが伸彦は首をふった。

「私の気がすまないよ。雪絵さんが朋美を殺したのであったなら、奴らに罪をなすりつければいいと思っていたがね」

「しかし真相はわからないじゃないですか。本当に雪絵さんが朋美さんを殺したのかもしれない」

「いや、そうではないね。冷静に考えればわかることだ。やはり彼女はそんなことの出来る女性ではないよ。まあ何にしても、例の日記帳の破片を見ればわかることだ。私がここに戻ってきたのは、それが最大の目的だったのだよ」

伸彦はよろよろと歩きだした。二階に行くつもりのようだ。彼の手を高之は摑んだ。

「連中に気づかれますよ」

「構わない。事情を話すつもりだ。手を離してくれないか」

「いいえ」

高之はゆっくりとかぶりをふった。自分の中に、何か黒いものが広がるのを感じた。「離すわけにはいきません」

「何だと?」

伸彦が怪訝そうにするのと同時に、高之は彼の首を両手で締め始めていた。

3

朋美のことを嫌いになったわけではなかった。ただ彼女との結婚には、ためらいを感じ始めていた。それはもちろんあの日、バレンタインデーの翌日に篠雪絵と会ってからだ。彼女の愛の告白ともとれる言葉を聞いた時から、高之の朋美に対する気持ちが徐々に変わり始めたのだ。

雪絵と初めて会った時、高之は彼女の魅力に強くひかれた。彼女の純粋さ、素直さ、そして愛らしさは彼の心を一瞬にして摑んだ。

しかしそれを自覚することはなかった。いや、自覚しないように努めてきたというべきだろう。彼女にひかれていく自分の気持ちに、気づかないふりをしていたのだ。それでも観劇などで朋美が彼女を誘ったりすると、高之は朋美と二人だけの時とはまた違ったときめきを覚えるのだった。

そんな時に雪絵の気持ちを知った。はっきりと本人の口から聞いたわけではないが、彼女が自分を愛してくれていることを察した。

「朋ちゃんをしあわせにしてあげて下さい。決して彼女を裏切らないで」

雪絵はこういったが、高之の気持ちは逆に燃えあがった。何とか雪絵と結ばれたい。朋美とのことは清算したいと思うようになった。

婚約解消が不可能だったわけではない。憎まれることを我慢して、高之が自分の口でいえば済むことなのだ。しかし二つの理由でそれはできなかった。まず一つは、朋美との婚約を解消して雪絵と結婚することはおそらく無理だろうということだ。周りが許さないこともあるが、雪絵の性格を考えると、高之の求婚を受けないだろう。もう一つは、高之のビデオ会社が伸彦からのバックアップのおかげで成長してきたという事情がある。今ここで伸彦に見放されれば、先行きはかなり苦しくなると思えた。

答えが見いだせぬまま、結婚式の日は近づいていた。朋美は着々と準備を始めている。もう後戻りは出来なかった。

そんな時、仕事関係の知人からある薬を入手した。睡眠薬だった。白いカプセルで、効果が大きいという。最近よく眠れないのだと高之がいった時、それならといって二錠くれたのだ。

その薬を見た時に、高之の頭に不吉な考えが浮かんだ。その薬は朋美が常用している生理痛の薬に酷似していたのだ。よく見ると少し違うのだが、知らなければ間違えて飲むに違いないと確信した。

朋美が最後の打ち合わせだといって教会に出かける朝、高之は隙を見てピルケースの中身をすりかえた。彼女が生理中だということも知っていたのだ。

彼女を見送った後、高之は強い後悔の念と不安に襲われた。彼女はあの薬を飲むだろうか。飲んで、運転中に居眠りをして事故を起こすだろうか。何という恐ろしいことをしてしまったのだ。しかし彼女が死ぬとはかぎらない。眠くなれば、どこかで仮眠するはずだ。大丈夫、死んだりはしないさ。そして反面、何とかうまく事故を起こしてくれないものかとも考えている。

そういう状態だったから、あの日はとても仕事どころではなかった。もう少し連絡が遅れたら、高之の方から教会に電話をしていたかもしれなかった。

だが連絡はあった。不幸にも、というべきだろう。それは朋美の死を知らせるものだった。その瞬間二つの感情が彼の胸に生じた。自分の手は汚れているということ、そしてこれで何もかもうまくいくという気持ち。それでも朋美の遺体を引き取るために車を運転している間は、彼女との楽しかった時のことを思いだしていた。その思い出は激しく彼の心を揺さぶり、気がつくと涙が溢れていた。

朋美を殺してしまった——後ろめたさを感じながら高之は警察署に駆けつけた。遺体を見ずにすんだのは助かった。仮に彼女の遺体が殆ど無傷であったとしても——むしろその場合は余計に——正視することはできなかっただろう。

東京に帰る途中、朋美の遺品を見る機会があった。ピルケースを見たのは、彼女がやはり睡眠薬を飲んで死んだのかということを確かめたかったからだ。

ところがここで意外なことがあった。ピルケースの中には薬が入っていたのだ。白いカプセルが二つ。ということは朋美は何も飲んでいないことになる。

この時の喜びを、高之は言葉では言い表せない。自分が朋美を殺したものと思いこんでいたのだが、実際にはそうではなかったのだ。朋美は本当に事故で死んだのだ。

高之の心の中から罪悪感が薄らいでいった。婚約者を殺そうとした行為は許されないが、とにかく彼女の死因とは関係ない。一気に胸のつかえが下りたのだった。

だから高之はこの別荘に来て、阿川桂子たちの推理談を聞いている間も、平静でいられた。朋美が誰かに殺されたかもしれないという話には興味があったが、その犯人は自分ではないと確信していたのだ。

不安を感じ始めたのは、下条玲子の推理を聞いた時だった。雪絵はピルケースに薬を補充したのだという。では朋美は薬を飲んだことになる。彼女が飲んだ薬はどういうものなのか？

そして伸彦の話を聞いた時、すべてが明らかになった。教会の近くで朋美と会った時、何かのきっかけで雪絵は朋美のピルケースの中に入っているのが睡眠薬だと知ったのだ。それを仕掛けたのが高之だということにも気づいたのだろう。それで彼女は朋美の遺品に触れた時、こっそりと薬を足しておいたのだ。もちろんそれは朋美を殺した犯人である高之を庇うためだった。

それらのことが雪絵の日記帳には書いてあるのだろう。だから彼女は死ぬ直前、その頁を何とか隠さねばならないと考えたのだ。それには飲みこむしかない。たぶん伸彦の推理通りだろう。

高之は伸彦の首を締める指に力をこめた。こんなことはしたくない。しかし伸彦がすべてを明らかにした時、高之の犯行は確実に表面化するだろう。伸彦を殺して、もう一度ベランダから落とせば、誰にも真相はわからないのだ。

仲彦が悲しげな目をした。

「許してください」

高之は目をそらし、さらに力を入れようとした。

その時突然周囲の空気が変わった。ラウンジ全体が明るくなっている。高之は手を離し、あたりを見回した。二階の廊下に皆が並び、じっと彼を見下ろしていた。

4

何が起こったのか高之には全くわからなかった。厚子が利明が阿川桂子が、感情のない目で自分を見つめている。足元では仲彦が、首を締められた影響で激しく咳こんでいた。

「あなた、大丈夫？」

厚子が階段をおりてきて、仲彦のそばに駆け寄った。

「うん、大丈夫だ。人間はそんなに簡単に死ぬものじゃない」

息を整えるように肩を上下させた後、仲彦は高之を見上げた。「やはり君が朋美を殺したのか」

「あ……いえ」

高之は後ずさりし、ずらりと並んだ各人の顔を順番に見ていった。頭の中が混乱している。自分の置かれている状況が理解できなかった。

「正直にいって。あなたが睡眠薬を仕掛けたのでしょう？　そうして、朋美は……」

阿川桂子がいい、唇を噛んだ。

「いや、その、違うんだ」

「何が違うんだ」と利明がいった。「親父まで殺そうとしたくせに」

「だから、あの……ははは、違うんですよ」

高之は自分でも無意識のうちに笑っていた。何もおかしくないのに、頭がどうかしてしまったのだろうか。「ははは、違います。これは、ちょっとした事故です。ええ、その、トラブルで……何でもないんです」

「隠そうとしても無駄だ。じゃあなぜ親父を殺そうとしたんだい？　説明してもらおうじゃないか」

「だからそれは……」

高之は顔を強張《こわば》らせて彼等を見上げた。冷たく白い視線が向けられている。やがて彼はこの事態がかなり不自然であることに気づいた。

「どういうことです」と高之は訊いた。「皆さんは僕と森崎さんとのやりとりを聞いていたのですか。それに」ジンとタグを見る。「あんたたちまで」

ジンは唇を曲げると、

「白状して下さいよ。薬をすりかえたんでしょう？　そうして朋美さんを殺し、雪絵さんと結婚しようと考えたんでしょう？」

今までとは全く違う口調でいった。高之は大きく口を開いた。

「君たちは……君たちは何者だ？」

「質問しているのは、こっちだぜ」と利明がいった。「答えろ。朋美のピルケースの薬を、睡眠薬とすりかえただろう」

「知らない、知りません。何のことなのか全然……」

「案外しぶといな。仕方がない。田口さん、お願いします」

利明が田口さんと呼んだのは、大男のタグのことだった。彼は頷くと、雪絵の部屋のドアを開き、「出てきて下さい」と中に声をかけた。

ゆっくりと部屋から出てきた人物を見て、高之は声を出せず、ただ震えた。そこにいるのは殺されたはずの雪絵だったのだ。

彼女は悲しげな目を高之に向けると、

「お願いです。本当のことをいって下さい」

涙声でいった。高之はその瞬間すべてを察した。仲彦を見る。

「わかっただろう」と仲彦はいった。「この別荘での出来事は、すべて作りもの、芝居だったのだよ。強盗が来たことも、殺人事件もね」

「なぜそんなことを?」

「なぜ? それは決まっているだろう。君の殺意を証明するためだった」

「殺意?」

「そうだ。そのためにこれだけの大芝居を計画したのだよ」

二階にいた連中がぞろぞろと階段をおりてきて、高之と仲彦を取り囲むように腰を下ろした。ジンはもうピストルを持っていない。タグは下条玲子の腰に手を回している。

「最初は朋美の事故死が信じられないという、親なら当然抱く思いが出発点だった。私たちはそこで様々な調査をし、その結果重大な情報を得た。それは、朋美の車は転落する少し前、事故地点付近で止まっていたらしいという目撃証言だった。つまり朋美は車を停止させた後、改めて崖に向かって走ったということになる。これは居眠り運転とは考えにくい。どう見ても、自殺だ」

「自殺……？」

「そうだ。しかしその動機に何の心当たりもない。そんな時、あの日朋美が雪絵さんと会ったという話を聞き、私は彼女に尋ねた。朋美のようすに何か変わったところはなかったか、とね。雪絵さんは最初何も知らないといっていたが、何度も問いつめるうちについに教えてくれたのだよ。ピルケースの話をね」

高之は雪絵を見た。彼女はうつむいていた。その彼女に伸彦がいった。「あの話を、ここでもう一度やってもらえないだろうか」

雪絵は驚いて顔を上げたが、小さく頷くと高之から目をそらして話し始めた。

「あの日あたしは朋ちゃんと、教会の近くの喫茶店で待ち合わせをしました。誘ってきたのは彼女です。ちょっと話があるからということでした。なぜそんな場所で待ち合わせをするのか、あたしにはよくわかりませんでした。会ってからも、彼女はなかなか本題に入りませんでした。そのうちに薬を飲まなきゃといって、ピルケースから薬を出したのです。あたしは何気なくその薬を見ていて、驚きました。それは鎮痛剤ではなかったからです。よく似てはいるのですが、明らかに違っていました。あたしがそのことを朋ちゃんにいうと、彼女はひどく驚いた顔をし、そのあとで無理に笑ったような表情でいいました。『あら、本当ね。どこかで間違えたみたい』と。彼女は結局その薬を飲みませんでした。あたしがたまたま彼女と同じ薬を持っていたので、二錠だけ彼女にあげました。ところが朋ちゃんはその後、話をしていても上の空で、顔色もひどく悪かったのです。別れる時、朋ちゃんあたしに用って何だったのと訊くと、いいえもういいのよと彼女は答えました」

飲まなかった？　朋美は睡眠薬を飲まなかったのか——。

「その話を聞いた時、私はぴんときたんです」

厚子がいった。「朋美は自分の薬がすりかえられたことに気づいたんですわ。しかもその犯人が誰かもわかっていた。高之さん、あなたでしょう？」

高之は黙っていた。もはや否定しても無意味だろう。

「かわいそうにあの子は、この世で最も大切な人から殺されようとしたんです。それを知った時のあの子のショックがどれほど大きかったか、高之さん、あなたにはわかりますか。あの子は生きる希望を失って、自殺したのです」

そうだったのか、と高之は思った。これで何もかもわかった。ピルケースに薬が入っていたのは、誰が入れたのでもない、やはり彼女は何も飲んでいなかったのだ。

「ついでにいうなら、そこまで考えついた時の我々の衝撃も並大抵ではなかった。高之君、我々は君を許せないと思った。何とか復讐しなければならないと思ったのだよ。しかし一体どうやって真相を証明できるだろう？　証拠はどこにもない。証人もない。何より、朋美の死は自殺であり、君に殺されたわけではない。殺されたにふさわしいとはいえね」

「それでこういう芝居を……」

「我々が知りたいのは、君に殺意があったかどうかということだ。それを証明するには、朋美の死の秘密を守るために、君が再び殺意を抱くかどうかを見るしかなかった。状況をそこまで持っていくには苦労したよ。演劇の心得のある家内はともかく、私や利明の芝居はひどいものだった」

「いえ、とんでもない。すばらしい演技力でしたよ」

誰の声かと思ってみると、タグが笑みを浮かべていた。

「紹介しよう。私が顧問をしている劇団の田口団長だ。それから仁野君」

タグとジンが頭を下げた。「さらに下条君と木戸君だ。素人だけでは不安なので、重要な役どころはプロに頼んだというわけさ」

「それからあと二人います」と田口がいった。「警官役の二人です」

「そうだった。彼等こそ縁の下の力持ちだ。フジ役をしたり、電話をかけたり、ベランダから飛びおりた私を助けあげたりね」

「しかしこれほどうまくいったのは、やはり阿川さんの見事な脚本があったからですよ。じつにすばらしかった」

仁野がいうと、阿川桂子はかすかに微笑んだ。

高之は彼等のやりとりをぼんやりと眺めていた。何もかもが現実のことだとは思えなかった。いや実際すべて虚構の物語だったのだ。そして今こうして自分が何もかもを失ったということだけが現実なのだ。

「私は今、証拠が何ひとつないといった」

伸彦が高之を見下ろしていった。「だが君にしてみれば、疑問に思うことがあるのではないかね。例のピルケースの中身だ。朋美が飲まなかったのなら、君が仕込んだ睡眠薬がそのまま残っているはずだ。決定的な証拠とはいえんが、物的資料のひとつにはなる。我々がなぜそれを警察に提出するなり何なりしなかったのか、とね」

そういわれればそうだ。あの薬はどうなったのだ。高之は顔を上げた。

「違っていたのだよ」と伸彦はいった。「睡眠薬ではなかったのだ。中に入っていたのは、正真正銘の鎮痛剤だった」

「えっ？」

「つまり」伸彦は唇を舐めた。「朋美は雪絵さんから貰った薬をピルケースに入れ、睡眠薬の方は捨てたというわけさ。そうした状態で自殺をはかったのだ。なぜあの子がそんなことをしたか、君にわかるかね」

高之はかぶりをふった。頭の中が空っぽで、考える気力がない。

「わからないだろうな。朋美はね、君に殺人の疑いがかからないようにしたのだ。あれだけの仕打ちを受けてなお、君のことを愛し、君を庇おうとしたのだよ。君が殺そうとした朋美は、そういう娘だったのだ」

胃袋が押し上げられるような感覚を高之は感じた。心臓の鼓動が激しくなり、耳鳴りもする。息をするのも苦しいほどだった。

「君の殺意の証明は、これで終わりだ。同時に我々の復讐もね」

伸彦はそういうと、くるりと皆の方に向き直った。「さあ、それじゃあ我々は休むとしましょう。とにかく疲れた」

「大きな舞台でしたからね」

ジンと呼ばれた男がいった。

「阿川さん、これを舞台用に書き直すという話、忘れないでくださいよ」

「ああ、とにかく眠い」

皆が階段を上がっていく。それでも高之だけは、ラウンジの真ん中で座りこんでいた。

「残念ながら、君の部屋はないよ」

伸彦が階段の途中からいった。「荷物は玄関にまとめてある。少しぐらいなら休んでいってもかまわないが、夜明けまでには姿を消してくれ。そして、永久に現れないでくれ。わかったな」

足音が上がっていき、ドアの閉まる音がした。すぐそばに人のいる気配がして、高之は顔を上げた。雪絵が立っていた。

「どうして」と彼女は目に涙をためていった。「朋ちゃんを裏切らないでって、お願いしたのに」

高之は立ち上がると、「もう幕だろ」といって歩き出した。

別荘を出る時、誰かに見られている気がして振り返った。だが後ろには誰もいなかった。そしてここに来た時たしかにあったはずの、例の仮面はすでに取り外されていた。

解説——引き出しの多い作家

折原一

実を言うと、私はこの『仮面山荘殺人事件』には苦い思い出がある。好きか嫌いかと問われれば、嫌いだと答えるだろう。

のっけからこう書くと、東野圭吾本人のみならず、東野ファンに「じゃあ、何で解説を引き受けたんだ」と怒られそうだが、私がこの解説を引き受けたのは、（筆者から頼まれたこともちろんあるが、それよりも）この作品に少なからぬ因縁を感じていたからだ。

私は『仮面山荘殺人事件』は嫌いだが、この『仮面山荘殺人事件』を東野作品の中で三本指に入る傑作だと思っている。

90年の12月下旬に徳間書店（トクマ・ノベルズ）から本書が出版された時、帯には「空前絶後のドンデン返し！」と嘔ってあった。推理小説を書くよりも読むほうが好きな私は、書店で手に取った時、帯のコピーを見て思わず（不覚にも）買ってしまった。前年の89年に講談社の「推理特別書下ろし」の一つとして発表された『眠りの森』に、この作者が叙述トリックを使っていたので、もしかして『仮面山荘殺人事件』も叙述トリックを使ったものではないかとピンと来たのだ。

まさに、私の勘はぴたりとあたっていた。この作品は、結末にあっという「ドンデン返し」を用意している。大胆な一発トリックが、実に見事に決まっているという意味では、まさに帯のコピーに偽りなしだ。

私の周囲でも、私より先にこの作品を読んでいる者が何人もいて、いずれの口からも、ちょっとすごい結末だぞという話を聞かされていた。

だが……。

私はこの本を読み出して、第一幕の途中まで来た時、すでにトリックを見破っていたのだ。あの手を使ったのではないかと漠然と思い、でもまさかそんなことにはなるまいと思いつつ読み進み、最後に至り、やっぱり思い通りの結末だと知った時、愕然とした。

普通の読者なら、筆者のたくらみに引っ掛かり、地団駄を踏んで悔しがるのだろうが、私は見破った通りの結末になったことが悔しかった。

「くそ、やられた！」と私は叫び、『仮面山荘殺人事件』を床に放り投げた。その本は四年もの間、部屋の隅で埃にまみれて埋もれていたが、今回解説を書くために引っ張り出した。本は醜く歪んでおり、その時の私の怒りがいかに激しかったかを物語っている。そして、今またあの時の悔しさが生々しく甦ってきた。

そう、私がこの作品を嫌う理由は、作品の出来ではなく、その頃、私が書いていた小説とまったく同じトリックを使っていたからだ。

推理小説は、トリックを早く使った者が勝ちと言われる。前例のあるトリックを使う場合、少しアレンジして、違ったふうな見せ方をすれば、必ずしも使ってはいけないことにはならないのだが、私の考えていたトリックは、アレンジのしようもなかった。本当に『仮面山荘殺人事件』と似た構成、展開だったのだ。それに、たとえ発表したとしても、時期が近すぎるので、私の作品は盗作に近い扱い方をされるにちがいなかった。

したがって、三分の一まで進んでいた作品を私は泣く泣く破棄せざるをえなくなったのだ。推理作家として、自分で気に入って書いていた作品を捨てることほどつらいことはない。編集者からボツを言いわたされたのなら、まだあきらめもつくが、自分のあの作品には、かなりの自信を持っていた。断腸の思いだなんて言葉はめったに使ったことはないが、まさにその時の私の気持ちには、その言葉がぴったりだった。

91年の『雨の会』の新年会だったと思うが、私は東野圭吾に会った時、

「『仮面山荘』、読みましたよ」

と言った。彼は例によって、にこにこして、「で?」と言いたげな顔をした。

「あれ、ありかなあ? あれ、ないよなあ」

私が曖昧な言い方をしたので、彼はけげんな顔をした。

白状すると、私があのトリックを思いついたのは、ある外国テレビ映画作品を見た時だった。このトリック、使えるな。でも、早いところやらないと、誰かに先を越されるぞ。特に井上夢人とか東野圭吾は要注意だぞと思った。そして、恐れていたことが現実になったのだ。

テレビ映画のほうも見ており、『仮面山荘殺人事件』も読んでいた井上夢人氏に、「東野さんのあのトリック、ありかしら?」と聞くと、氏はあっさりと「いいんじゃないの」と答えた。さすが、大人の作家は違うなと思った(私って人間が小さいのね)。

その時になって、ようやく私もあきらめがついたというわけだ。仕方がない。いつまでも、悔しがっていても、いいことないもの。推理小説界は、早い者勝ちの世界、シビアなのである。

そこで、私は書いていた作品をばらばらに分解し、また新たな構想でプロットを練り始めた。それが講談社文庫にも入っている『×××』である（興味ある方は本書と比較してみてください）。

さて、前おきが長くなったが、『仮面山荘殺人事件』の内容を簡単に紹介しよう。主人公の樫間高之の婚約者、森崎朋美は結婚式場での打ち合わせの帰途、運転していた車の事故で死んでしまう。それから数ヵ月後、高之は朋美の父親の伸彦から別荘に招待されるが、そこでは思いもよらぬ事件が彼を待っていた。

別荘には八人の男女がいた。夕食の席上、そのうちの一人が朋美の死について疑いを持っていることを明らかにし、高之は説明のつかない不安に襲われる。そんなことがあった夜、警察から追われている銀行強盗の二人組が別荘に逃げこんできて、滞在者全員を監禁するという事件が起こる。そして、ついに別荘内で謎の殺人が起こり……。

ストーリーは非常に簡単明瞭、ストレートな展開だ。招待客たちと二人組の強盗との息詰まる駆け引きがテンポよく書き進められ、次第にサスペンスが盛り上がってくる。そして、クライマックスに達した時、とんでもないドンデン返しが待ちかまえているのだ。

読者の注意が銀行強盗から全員がどのように逃げるのか、あるいはどのように銀行強盗を捕まえるのかに向かっている時に、作者は大きな穴を掘り、笑みを浮かべて、読者が仕掛けに引っ掛かるのを待っている。

これ以上、ストーリーを紹介することは、この種の推理小説にとって致命的になるので、説明は控えるが、読者が唖然呆然とすること請け合いである。だが、後味は非常によく、多くの東野作品に共通する一種の爽快感さえ漂う。

東野圭吾の叙述トリックの手法は、すでに初期の『白馬山荘殺人事件』の前半部分にも見られたが、『眠りの森』以降、この傾向が顕著で、本書『仮面山荘殺人事件』の他にも、『ある閉ざされた雪の山荘で』『回廊亭の殺人』などに使われている。だが、成功度、衝撃度においては、本書が一番であろう。本書の場合、長さが適当（約四百枚）であるし、何よりもストレートな展開が結末の意外性の効果を高めている。

『仮面山荘殺人事件』はこのような傑作にもかかわらず、不幸な作品である（別に私の幻の作品より先に出たからバチが当たったのだという意味ではない）。不運だったのは年末に出たことだ。大体において、年末には本がたくさん出る。そして、本の洪水の中で、活字中毒者たちは新年を迎え、潮が引いたように混乱が去った後、年末に出た本は去年のものだという理由で、すぐに忘れてしまう。

要するに、年末に出る本は、いくら面白くても、不当に忘れられてしまう例がいかに多いかと私は言いたいのだ。『仮面山荘殺人事件』は年末に出て、しかもノベルスだったことが不運に追いうちをかけた。新書判サイズの本は、雑誌のように速いサイクルで回転するために、すぐに新刊本屋の書棚から片づけられてしまい、読もうとする時に手に入らないケースが多いからだ（しかも、この作品はトクマ・ノベルズの単発だ）。したがって、『仮面山荘殺人事件』は、年末年始のどさくさの中で忘れられ、品切れ状態になってしまい、長らく東野ファンの前に現れなかった。

だから、今回文庫化されることは、この本を再評価する意味で、大いに喜ばしいことである。

東野圭吾には他に、『十字屋敷のピエロ』『ブルータスの心臓』『鳥人計画』『宿命』

『変身』『むかし僕が死んだ家』『虹を操る少年』などの作品があり、同じ作家の作品とは思えないほどバラエティに富んでいる。

同じタイプの作品を頑迷に書きつづける作家のほうが、今は確かにマニア受けはするし、高く評価される傾向があるのだが、私には次に何が出てくるかわからない東野作品のほうがはるかに面白いし、高く評価すべきだと思っている。彼はいろいろな種類の引き出しをたくさん持っていて、そのすべてが魅力的なのである。

東野圭吾は、こちこちの本格推理から、犯罪心理小説やサスペンス、SF風の作品まで、さらにユーモアもシリアスも何でも書いてしまう才能豊かな作家なのだが、今後の彼に望みたいのは、すべての引き出しの中身をブレンドしたような一千枚クラスの大作だ。東野ファンはそうした作品を渇望している。

本書は一九九〇年一二月、徳間書店よりトクマ・ノベルズとして刊行され、
一九九五年三月に講談社文庫に収録されたものの新装版です。

|著者| 東野圭吾　1958年、大阪府生まれ。大阪府立大学電気工学科卒業後、生産技術エンジニアとして会社勤めの傍ら、ミステリーを執筆。1985年『放課後』（講談社文庫）で第31回江戸川乱歩賞を受賞、専業作家に。1999年『秘密』（文春文庫）で第52回日本推理作家協会賞、2006年『容疑者Xの献身』（文春文庫）で第134回直木賞、第６回本格ミステリ大賞、2012年『ナミヤ雑貨店の奇蹟』（角川文庫）で第７回中央公論文芸賞、2013年『夢幻花』（PHP文芸文庫）で第26回柴田錬三郎賞、2014年『祈りの幕が下りる時』（講談社文庫）で第48回吉川英治文学賞、2019年、出版文化への貢献度の高さで第１回野間出版文化賞を受賞。他の著書に『新参者』『麒麟の翼』『希望の糸』（いずれも講談社文庫）など多数。最新刊は『架空犯』（幻冬舎）。

仮面山荘殺人事件《かめんさんそうさつじんじけん》　新装版《しんそうばん》

東野圭吾《ひがしのけいご》

1995年３月15日旧版　第 1 刷発行
2024年３月15日旧版　第109刷発行
2024年６月14日新装版第 1 刷発行
2024年11月15日新装版第 3 刷発行

講談社文庫
定価はカバーに
表示してあります

KODANSHA

発行者――篠木和久
発行所――株式会社　講談社
東京都文京区音羽2-12-21　〒112-8001
電話　出版（03）5395-3510
　　　販売（03）5395-5817
　　　業務（03）5395-3615

デザイン―菊地信義
本文データ制作―講談社デジタル製作
印刷―――株式会社KPSプロダクツ
製本―――株式会社国宝社

Printed in Japan

ISBN978-4-06-535728-6

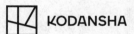

講談社文庫刊行の辞

二十一世紀の到来を目睫に望みながら、われわれはいま、人類史上かつて例を見ない巨大な転換期をむかえようとしている。

世界も、日本も、激動の予兆に対する期待とおののきを内に蔵して、未知の時代に歩み入ろうとしている。このときにあたり、創業の人野間清治の「ナショナル・エデュケイター」への志を現代に甦らせようと意図して、われわれはここに古今の文芸作品はいうまでもなく、ひろく人文・社会・自然の諸科学から東西の名著を網羅する、新しい綜合文庫の発刊を決意した。

激動の転換期はまた断絶の時代である。われわれは戦後二十五年間の出版文化のありかたへの深い反省をこめて、この断絶の時代にあえて人間的な持続を求めようとする。いたずらに浮薄な商業主義のあだ花を追い求めることなく、長期にわたって良書に生命をあたえようとつとめるところにしか、今後の出版文化の真の繁栄はあり得ないと信じるからである。

同時にわれわれはこの綜合文庫の刊行を通じて、人文・社会・自然の諸科学が、結局人間の学にほかならないことを立証しようと願っている。かつて知識とは、「汝自身を知る」ことにつきていた。現代社会の瑣末な情報の氾濫のなかから、力強い知識の源泉を掘り起し、技術文明のただなかに、生きた人間の姿を復活させること。それこそわれわれの切なる希求である。

われわれは権威に盲従せず、俗流に媚びることなく、渾然一体となって日本の「草の根」をかたちづくる若く新しい世代の人々に、心をこめてこの新しい綜合文庫をおくり届けたい。それは知識の泉であるとともに感受性のふるさとであり、もっとも有機的に組織され、社会に開かれた万人のための大学をめざしている。大方の支援と協力を衷心より切望してやまない。

一九七一年七月

野間省一

講談社文庫 目録

葉室 麟 星火瞬く
葉室 麟 陽《かげ》炎《ろう》の門
葉室 麟 紫匂う
葉室 麟 山月庵茶会記
葉室 麟 津軽双花
長谷川 卓 嶽《がく》神《じん》〈上・白銀《しろがね》渡り〉〈下・湖底の黄金〉
長谷川 卓 嶽神伝《がくじんでん》 鬼哭《きこく》(上)(下)
長谷川 卓 嶽神《じん》列伝 逆渡《さかわた》り
長谷川 卓 嶽神《じん》伝《でん》 血路
長谷川 卓 嶽《がく》神《じん》伝《でん》 死地
長谷川 卓 嶽神伝 風花(上)(下)
原田マハ 夏を喪くす
原田マハ 風のマジム
原田マハ あなたは、誰かの大切な人
畑野智美 海の見える街
畑野智美 南部芸能事務所 season5 コンビ
早見和真 東京ドーン
はあちゅう 半径5メートルの野望
はあちゅう 通りすがりのあなた

早坂 吝《やぶさか》 ○○○○○○○○殺人事件
早坂 吝 虹の歯ブラシ〈上木《かみき》らいち発散〉
早坂 吝 誰も僕を裁けない
早坂 吝 双《そう》蛇《じゃ》密室
浜口倫太郎 22年目の告白〈―私が殺人犯です―〉
浜口倫太郎 廃校先生
浜口倫太郎 AI崩壊
原田伊織 明治維新という過ち〈日本を滅ぼした吉田松陰と長州テロリスト〉
原田伊織 列強の侵略を防いだ幕臣たち〈続・明治維新という過ち〉
原田伊織 〈明治維新という過ち・完結編〉虚像の西郷隆盛 虚構の明治150年
原田伊織 三流の維新 一流の江戸〈明治は「徳川近代」の模倣に過ぎない〉
葉真中《はまなか》 顕《あき》 ブラック・ドッグ
原 雄一 宿命〈國松警察庁長官を狙撃した男・捜査完結〉
濱野京子 with《ウィズ》you《ユー》
橋爪駿輝 スクロール
パリュスあや子 隣人X
平岩弓枝 花嫁の日
平岩弓枝 はやぶさ新八御用旅(一)〈東海道五十三次〉
平岩弓枝 はやぶさ新八御用旅(二)〈中仙道六十九次〉

平岩弓枝 はやぶさ新八御用旅(三)〈日光例幣使道の殺人〉
平岩弓枝 はやぶさ新八御用旅(四)〈北前船の事件〉
平岩弓枝 はやぶさ新八御用旅(五)〈諏訪の妖狐〉
平岩弓枝 はやぶさ新八御用旅(六)〈紅花染め秘帳〉
平岩弓枝 新装版 はやぶさ新八御用帳(一)〈大奥の恋人〉
平岩弓枝 新装版 はやぶさ新八御用帳(二)〈江戸の海賊〉
平岩弓枝 新装版 はやぶさ新八御用帳(三)〈又右衛門の女房〉
平岩弓枝 新装版 はやぶさ新八御用帳(四)〈鬼勘の娘〉
平岩弓枝 新装版 はやぶさ新八御用帳(五)〈御守殿おたき〉
平岩弓枝 新装版 はやぶさ新八御用帳(六)〈春月の雛〉
平岩弓枝 新装版 はやぶさ新八御用帳(七)〈寒椿の寺〉
平岩弓枝 新装版 はやぶさ新八御用帳(八)〈春怨 根津権現〉
平岩弓枝 新装版 はやぶさ新八御用帳(九)〈王子稲荷の女〉
平岩弓枝 新装版 はやぶさ新八御用帳(十)〈幽霊屋敷の女〉
東野圭吾 放課後
東野圭吾 卒業
東野圭吾 学生街の殺人
東野圭吾 魔球
東野圭吾 十字屋敷のピエロ

講談社文庫　目録

東野圭吾　眠りの森
東野圭吾　宿命
東野圭吾　変身
東野圭吾　天使の耳
東野圭吾　ある閉ざされた雪の山荘で
東野圭吾　同級生
東野圭吾　名探偵の呪縛
東野圭吾　むかし僕が死んだ家
東野圭吾　虹を操る少年
東野圭吾　パラレルワールド・ラブストーリー
東野圭吾　天空の蜂
東野圭吾　名探偵の掟
東野圭吾　悪意
東野圭吾　嘘をもうひとつだけ
東野圭吾　赤い指
東野圭吾　流星の絆
東野圭吾　新装版 浪花少年探偵団
東野圭吾　新装版 しのぶセンセにサヨナラ
東野圭吾　新参者
東野圭吾　麒麟の翼
東野圭吾　パラドックス13
東野圭吾　祈りの幕が下りる時
東野圭吾　危険なビーナス
東野圭吾　時《トキ》生《オ》〈新装版〉
東野圭吾　希望の糸
東野圭吾　どちらかが彼女を殺した〈新装版〉
東野圭吾　私が彼を殺した〈新装版〉
東野圭吾　仮面山荘殺人事件〈新装版〉
東野圭吾作家生活25周年祭り実行委員会　東野圭吾公式ガイド〈読者1万人が選んだ東野作品人気ランキング発表〉
東野圭吾作家生活35周年実行委員会 編　東野圭吾公式ガイド〈作家生活35周年ver.〉
平野啓一郎　高瀬川
平野啓一郎　ドーン
平野啓一郎　空白を満たしなさい(上)(下)
百田尚樹　永遠の0《ゼロ》
百田尚樹　輝く夜
百田尚樹　風の中のマリア
百田尚樹　影法師
百田尚樹　ボックス!(上)(下)
百田尚樹　海賊とよばれた男(上)(下)
平田オリザ　幕が上がる
東　直子　さようなら窓
蛭田亜紗子　凜
樋口卓治　ボクの妻と結婚してください。
樋口卓治　続・ボクの妻と結婚してください。
樋口卓治　喋る男
平山夢明　魂《たま》豆《どう》腐《ふ》〈大江戸怪談どたんばたん(土壇場譚)〉
平山夢明 宇佐美まこと ほか　超怖い物件
東川篤哉　純喫茶「一服堂」の四季
東川篤哉　居酒屋「一服亭」の四季
東山彰良　流《りゅう》
東山彰良　女の子のことばかり考えていたら、1年が経っていた。
平田研也　小さな恋のうた
日野　草　ウエディング・マン
平岡陽明　僕が死ぬまでにしたいこと
平岡陽明　素数とバレーボール
ビートたけし　浅草キッド
ひろさちや　すらすら読める歎異抄《たんにしょう》

舞城王太郎　好き好き大好き超愛してる。
舞城王太郎　私はあなたの瞳の林檎
舞城王太郎　されど私の可愛い檸檬
舞城王太郎　畏《おそ》れ入谷《いりや》の彼女の柘榴《ざくろ》
舞城王太郎　短篇七芒星
真山　仁　虚像の砦
真山　仁　新装版 ハゲタカ(上)(下)
真山　仁　新装版 ハゲタカII(上)(下)
真山　仁　レッドゾーン(上)(下)
真山　仁　グリード〈ハゲタカIV〉(上)(下)
真山　仁　ハーディ〈ハゲタカ2・5〉(上)(下)
真山　仁　スパイラル〈ハゲタカ4・5〉
真山　仁　シンドローム〈ハゲタカ5〉(上)(下)
真山　仁　そして、星の輝く夜がくる
真梨幸子　孤《こ》虫《ちゅう》症《しょう》
真梨幸子　深く深く、砂に埋めて
真梨幸子　女ともだち
真梨幸子　えんじ色心中
真梨幸子　カンタベリー・テイルズ
真梨幸子　イヤミス短篇集
真梨幸子　人生相談。
真梨幸子　私が失敗した理由は
真梨幸子　三匹の子豚
真梨幸子　まりも日記
松本裕士　兄〈追憶のhide〉弟
円居　挽 原作 福本伸行　カイジ ファイナルゲーム 小説版
松岡圭祐　探偵の探偵
松岡圭祐　探偵の探偵II
松岡圭祐　探偵の探偵III
松岡圭祐　探偵の探偵IV
松岡圭祐　水鏡推理
松岡圭祐　水鏡推理II〈インパクトファクター〉
松岡圭祐　水鏡推理III〈パレイドリア・フェイス〉
松岡圭祐　水鏡推理IV〈アノマリー〉
松岡圭祐　水鏡推理V〈ニュークリアフュージョン〉
松岡圭祐　水鏡推理VI〈クロノスタシス〉
松岡圭祐　探偵の鑑定I
松岡圭祐　探偵の鑑定II
松岡圭祐　万能鑑定士Qの最終巻〈ムンクの〈叫び〉〉
松岡圭祐　黄砂の籠城(上)(下)
松岡圭祐　シャーロック・ホームズ対伊藤博文
松岡圭祐　八月十五日に吹く風
松岡圭祐　生きている理由
松岡圭祐　黄砂の進撃
松岡圭祐　瑕《か》疵《し》借り
松原　始　カラスの教科書
益田ミリ　五年前の忘れ物
益田ミリ　お茶の時間
マキタスポーツ　一億総ツッコミ時代〈決定版〉
丸山ゴンザレス　ダークツーリスト〈世界の混沌《カオス》を歩く〉
松田賢弥　したたか 総理大臣・菅義偉の野望と人生
真下みこと　#柚莉愛《ゆりあ》とかくれんぼ
真下みこと　あさひは失敗しない
松野大介　インフォデミック〈コロナ情報氾濫〉
松居大悟　またね家族
前川　裕　逸脱刑事
前川　裕　感情麻痺学院

講談社文庫　目録

宮部みゆき　ステップファザー・ステップ〈新装版〉
宮子あずさ　看護婦が見つめた人間が死ぬということ
宮本昌孝　家康、死す(上)(下)
三津田信三　忌《い》館《かん》〈ホラー作家の棲む家〉
三津田信三　作者不詳(上)(下)〈ミステリ作家の読む本〉
三津田信三　蛇《じゃ》棺《かん》葬《そう》
三津田信三　百《ひゃく》蛇《じゃ》堂《どう》〈怪談作家の語る話〉
三津田信三　厭魅《まじもの》の如き憑くもの
三津田信三　凶鳥《まがとり》の如き忌むもの
三津田信三　首無《くびなし》の如き祟るもの
三津田信三　山魔《やまんま》の如き嗤《わら》うもの
三津田信三　水魑《みづち》の如き沈むもの
三津田信三　密室《ひめむろ》の如き籠《こも》るもの
三津田信三　生霊《いきだま》の如き重《だぶ》るもの
三津田信三　幽女《ゆうじょ》の如き怨むもの
三津田信三　碆霊《はえだま》の如き祀るもの
三津田信三　魔偶《まぐう》の如き齎《もたら》すもの
三津田信三　忌名《いな》の如き贄《にえ》るもの
三津田信三　シェルター　終末の殺人
三津田信三　ついてくるもの
三津田信三　誰かの家
三津田信三　忌《い》物《ぶつ》堂《どう》鬼《き》談《だん》
道尾秀介　カラスの親指〈by rule of CROW's thumb〉
道尾秀介　カエルの小指〈a murder of crows〉
道尾秀介　水の柩
深《み》木《き》章《あき》子《こ》　鬼畜の家
湊かなえ　リバース
宮内悠介　彼女がエスパーだったころ
宮内悠介　偶然の聖地
宮乃《みやの》崎桜子《さきさくらこ》　綺《き》羅《ら》の皇《ひめ》女《みこ》(1)
宮乃崎桜子　綺羅の皇女(2)
三國青葉　損料屋見《けん》鬼《き》控え 1
三國青葉　損料屋見鬼控え 2
三國青葉　損料屋見鬼控え 3
三國青葉　福　猫　屋〈お佐和のねこだすけ〉
三國青葉　福　猫　屋〈お佐和のねこかし〉
三國青葉　福　猫　屋〈お佐和のねこわずらい〉
三國青葉　母上は別《べっ》式《しき》女《め》
宮西真冬　誰かが見ている
宮西真冬　首　の　鎖
宮西真冬　友　達　未　遂
宮西真冬　毎日世界が生きづらい
南　杏子　希望のステージ
嶺里俊介　だいたい本当の奇妙な話
嶺里俊介　ちょっと奇妙な怖い話
溝口　敦　喰うか喰われるか〈私の山口組体験〉
三谷幸喜 松野大介　三谷幸喜　創作を語る
村上　龍　愛と幻想のファシズム(上)(下)
村上　龍　村上龍料理小説集
村上　龍　新装版　限りなく透明に近いブルー
村上　龍　新装版　コインロッカー・ベイビーズ
村上　龍　歌うクジラ(上)(下)
向田邦子　新装版　眠　る　盃
向田邦子　新装版　夜中の薔薇
村上春樹　風の歌を聴け
村上春樹　1973年のピンボール
村上春樹　羊をめぐる冒険(上)(下)

村上春樹　カンガルー日和
村上春樹　回転木馬のデッド・ヒート
村上春樹　ノルウェイの森 (上)(下)
村上春樹　ダンス・ダンス・ダンス (上)(下)
村上春樹　遠い太鼓
村上春樹　国境の南、太陽の西
村上春樹　やがて哀しき外国語
村上春樹　アンダーグラウンド
村上春樹　スプートニクの恋人
村上春樹　アフターダーク
村上春樹　佐々木マキ絵　羊男のクリスマス
村上春樹　佐々木マキ絵　ふしぎな図書館
村上春樹　糸井重里　夢で会いましょう
村上春樹・文　安西水丸・絵　ふわふわ
U.K.ル＝グウィン　村上春樹訳　空飛び猫
U.K.ル＝グウィン　村上春樹訳　帰ってきた空飛び猫
U.K.ル＝グウィン　村上春樹訳　素晴らしいアレキサンダーと、空飛び猫たち
U.K.ル＝グウィン　村上春樹訳　空を駆けるジェーン
T.ファリッシュ著　B.ルート絵　村上春樹訳　ポテト・スープが大好きな猫

村山由佳　天翔る
睦月影郎　密通妻
睦月影郎　快楽アクアリウム
向井万起男　渡る世間は「数字」だらけ
村田沙耶香　授乳
村田沙耶香　マウス
村田沙耶香　星が吸う水
村田沙耶香　殺人出産
村瀬秀信　気がつけばチェーン店ばかりでメシを食べている
村瀬秀信　それでも気がつけばチェーン店ばかりでメシを食べている
村瀬秀信　地方に行っても気がつけばチェーン店ばかりでメシを食べている
虫眼鏡　東海オンエアの動画が6.4倍楽しくなる本〈虫眼鏡の概要欄　クロニクル〉
森村誠一　悪道
森村誠一　悪道　西国謀反
森村誠一　悪道　御三家の刺客
森村誠一　悪道　五右衛門の復讐
森村誠一　悪道　最後の密命
森村誠一　ねこの証明
毛利恒之　月光の夏

森博嗣　すべてがFになる〈THE PERFECT INSIDER〉
森博嗣　冷たい密室と博士たち〈DOCTORS IN ISOLATED ROOM〉
森博嗣　笑わない数学者〈MATHEMATICAL GOODBYE〉
森博嗣　詩的私的ジャック〈JACK THE POETICAL PRIVATE〉
森博嗣　封印再度〈WHO INSIDE〉
森博嗣　幻惑の死と使途〈ILLUSION ACTS LIKE MAGIC〉
森博嗣　夏のレプリカ〈REPLACEABLE SUMMER〉
森博嗣　今はもうない〈SWITCH BACK〉
森博嗣　数奇にして模型〈NUMERICAL MODELS〉
森博嗣　有限と微小のパン〈THE PERFECT OUTSIDER〉
森博嗣　黒猫の三角〈Delta in the Darkness〉
森博嗣　人形式モナリザ〈Shape of Things Human〉
森博嗣　月は幽咽のデバイス〈The Sound Walks When the Moon Talks〉
森博嗣　夢・出逢い・魔性〈You May Die in My Show〉
森博嗣　魔剣天翔〈Cockpit on knife Edge〉
森博嗣　恋恋蓮歩の演習〈A Sea of Deceits〉
森博嗣　六人の超音波科学者〈Six Supersonic Scientists〉
森博嗣　捩れ屋敷の利鈍〈The Riddle in Torsional Nest〉
森博嗣　朽ちる散る落ちる〈Rot off and Drop away〉

講談社文庫　目録

森　博嗣　赤緑　黒白〈Red Green Black and White〉
森　博嗣　四季　春〜冬
森　博嗣　φ《ファイ》は壊れたね〈PATH CONNECTED φ BROKE〉
森　博嗣　θ《シータ》は遊んでくれたよ〈ANOTHER PLAYMATE θ〉
森　博嗣　τ《タウ》になるまで待って〈PLEASE STAY UNTIL τ〉
森　博嗣　ε《イプシロン》に誓って〈SWEARING ON SOLEMN ε〉
森　博嗣　λ《ラムダ》に歯がない〈λ HAS NO TEETH〉
森　博嗣　η《イータ》なのに夢のよう〈DREAMILY IN SPITE OF η〉
森　博嗣　目薬α《アルファ》で殺菌します〈DISINFECTANT α FOR THE EYES〉
森　博嗣　ジグβ《ベータ》は神ですか〈JIG β KNOWS HEAVEN〉
森　博嗣　キウイγ《ガンマ》は時計仕掛け〈KIWI γ IN CLOCKWORK〉
森　博嗣　χ《カイ》の悲劇〈THE TRAGEDY OF χ〉
森　博嗣　ψ《プサイ》の悲劇〈THE TRAGEDY OF ψ〉
森　博嗣　イナイ×イナイ〈PEEKABOO〉
森　博嗣　キラレ×キラレ〈CUTTHROAT〉
森　博嗣　タカイ×タカイ〈CRUCIFIXION〉
森　博嗣　ムカシ×ムカシ〈REMINISCENCE〉
森　博嗣　サイタ×サイタ〈EXPLOSIVE〉
森　博嗣　ダマシ×ダマシ〈SWINDLER〉

森　博嗣　女王の百年密室〈GOD SAVE THE QUEEN〉
森　博嗣　迷宮百年の睡魔〈LABYRINTH IN ARM OF MORPHEUS〉
森　博嗣　赤目姫の潮解〈LADY SCARLET EYES AND HER DELIQUESCENCE〉
森　博嗣　馬鹿と嘘の弓〈Fool Lie Bow〉
森　博嗣　歌の終わりは海〈Song End Sea〉
森　博嗣　まどろみ消去〈MISSING UNDER THE MISTLETOE〉
森　博嗣　地球儀のスライス〈A SLICE OF TERRESTRIAL GLOBE〉
森　博嗣　レタス・フライ〈Lettuce Fry〉
森　博嗣　僕は秋子に借りがある I'm in Debt to Akiko〈森博嗣自選短編集〉
森　博嗣　どちらかが魔女 Which is the Witch?〈森博嗣シリーズ短編集〉
森　博嗣　喜嶋先生の静かな世界〈The Silent World of Dr.Kishima〉
森　博嗣　そして二人だけになった〈Until Death Do Us Part〉
森　博嗣　つぶやきのクリーム〈The cream of the notes〉
森　博嗣　ツンドラモンスーン〈The cream of the notes 4〉
森　博嗣　つぼみ茸《きのこ》ムース〈The cream of the notes 5〉
森　博嗣　つぶさにミルフィーユ〈The cream of the notes 6〉
森　博嗣　月夜のサラサーテ〈The cream of the notes 7〉
森　博嗣　つんつんブラザーズ〈The cream of the notes 8〉
森　博嗣　ツベルクリンムーチョ〈The cream of the notes 9〉

森　博嗣　追懐のコヨーテ〈The cream of the notes 10〉
森　博嗣　積み木シンドローム〈The cream of the notes 11〉
森　博嗣　妻のオンパレード〈The cream of the notes 12〉
森　博嗣　カクレカラクリ〈An Automaton in Long Sleep〉
森　博嗣　DOG&DOLL
森　博嗣　森には森の風が吹く〈My wind blows in my forest〉
森　博嗣　アンチ整理術〈Anti-Organizing Life〉
萩尾望都　森　博嗣　原作　トーマの心臓〈Lost heart for Thoma〉
諸田玲子　森家の討ち入り
森　達也　すべての戦争は自衛から始まる
本谷有希子　腑抜けども、悲しみの愛を見せろ
本谷有希子　江利子と絶対〈本谷有希子文学大全集〉
本谷有希子　あの子の考えることは変
本谷有希子　嵐のピクニック
本谷有希子　自分を好きになる方法
本谷有希子　異類婚姻譚
本谷有希子　静かに、ねぇ、静かに
茂木健一郎　「赤毛のアン」に学ぶ幸福《しあわせ》になる方法
森林原人　セックス幸福論〈偏差値78のAV男優が考える〉

桃戸ハル編・著 5分後に意外な結末〈ベスト・セレクション〉
桃戸ハル編・著 5分後に意外な結末〈ベスト・セレクション 黒の巻・白の巻〉
桃戸ハル編・著 5分後に意外な結末〈ベスト・セレクション 心震える赤の巻〉
桃戸ハル編・著 5分後に意外な結末〈ベスト・セレクション 心弾ける橙の巻〉
桃戸ハル編・著 5分後に意外な結末〈ベスト・セレクション 金の巻〉
桃戸ハル編・著 5分後に意外な結末〈ベスト・セレクション 銀の巻〉
森 功 高倉 健〈隠し続けた七つの顔と「謎の養女」〉
森 功 地面師〈他人の土地を売り飛ばす闇の詐欺集団〉
望月麻衣 京都船岡山アストロロジー
望月麻衣 京都船岡山アストロロジー2〈星と創作のアンサンブル〉
望月麻衣 京都船岡山アストロロジー3〈恋のハウスと檸檬色の憂鬱〉
桃野《ものの》雑派《ざつぱ》 老虎残夢
森沢明夫 本が紡いだ五つの奇跡
山田風太郎 甲賀忍法帖〈山田風太郎忍法帖①〉
山田風太郎 伊賀忍法帖〈山田風太郎忍法帖③〉
山田風太郎 忍法八犬伝〈山田風太郎忍法帖④〉
山田風太郎 風来忍法帖〈山田風太郎忍法帖⑪〉
山田風太郎 新装版 戦中派不戦日記
山田正紀 大江戸ミッション・インポッシブル〈顔役を消せ〉
山田正紀 大江戸ミッション・インポッシブル〈幽霊船を奪え〉
山田詠美 晩年の子供
山田詠美 A《エイ》2《トゥ》Z《ズィ》
山田詠美 珠玉の短編
柳家小三治 ま・く・ら
柳家小三治 もひとつま・く・ら
柳家小三治 バ・イ・ク
山口雅也 落語魅捨理《ミステリ》全集〈坊主の愉しみ〉
山本一力 深川黄表紙掛取り帖
山本一力 牡丹酒〈深川黄表紙掛取り帖(二)〉
山本一力 ジョン・マン1 波濤編
山本一力 ジョン・マン2 大洋編
山本一力 ジョン・マン3 望郷編
山本一力 ジョン・マン4 青雲編
山本一力 ジョン・マン5 立志編
椰月美智子 十二歳
椰月美智子 しずかな日々
椰月美智子 ガミガミ女とスーダラ男
椰月美智子 恋愛小説
柳 広司 キング&クイーン
柳 広司 怪談
柳 広司 ナイト&シャドウ
柳 広司 幻影城市
柳 広司 風神雷神(上)(下)
薬丸 岳 闇の底
薬丸 岳 虚夢
薬丸 岳 刑事のまなざし
薬丸 岳 逃走
薬丸 岳 ハードラック
薬丸 岳 その鏡は嘘をつく
薬丸 岳 刑事の約束
薬丸 岳 Aではない君と
薬丸 岳 ガーディアン
薬丸 岳 刑事の怒り
薬丸 岳 天使のナイフ〈新装版〉
薬丸 岳 告解
山崎ナオコーラ 可愛い世の中
矢月秀作 A《ア》C《ク》T《ト》〈警視庁特別潜入捜査班〉

講談社文庫　目録

矢月秀作　ACT《アクト》2 告発者〈警視庁特別潜入捜査班〉
矢月秀作　ACT《アクト》3 掠奪〈警視庁特別潜入捜査班〉
矢野　隆　我が名は秀秋
矢野　隆　戦《いくさ》始末
矢野　隆　乱
矢野　隆　長篠の戦い〈戦百景〉
矢野　隆　桶狭間の戦い〈戦百景〉
矢野　隆　関ヶ原の戦い〈戦百景〉
矢野　隆　川中島の戦い〈戦百景〉
矢野　隆　本能寺の変〈戦百景〉
矢野　隆　山崎の戦い〈戦百景〉
矢野　隆　大坂冬の陣〈戦百景〉
矢野　隆　大坂夏の陣〈戦百景〉
山内マリコ　かわいい結婚
山本周五郎　さぶ〈山本周五郎コレクション〉
山本周五郎　白石城死守〈山本周五郎コレクション〉
山本周五郎　完全版 日本婦道記(上)(下)〈山本周五郎コレクション〉
山本周五郎　戦国武士道物語 死《し》處《しょ》〈山本周五郎コレクション〉
山本周五郎　戦国物語 信長と家康〈山本周五郎コレクション〉

山本周五郎　幕末物語 失蝶記〈山本周五郎コレクション〉
山本周五郎　逃亡記 時代ミステリ傑作選〈山本周五郎コレクション〉
山本周五郎　家族物語 おもかげ抄〈山本周五郎コレクション〉
山本周五郎　繁《しげ》あね〈美しい女たちの物語〉
山本周五郎　雨あがる〈映画化作品集〉
柳田理科雄　スター・ウォーズ 空想科学読本
柳田理科雄　MARVEL マーベル空想科学読本
靖子靖史　空《く》色《しき》カンバス〈瑞《ずい》空寺《くうじ》凸凹《でこぼこ》縁起《えんぎ》〉
安本由佳・山本理沙　不機嫌な婚活
山中伸弥・平尾誠二・惠子　友情〈平尾誠二と山中伸弥「最後の約束」〉
山手樹一郎　夢介千両みやげ(上)(下)〈完全版〉
山口仲美　すらすら読める枕草子
山本巧次　戦国快盗 嵐丸〈今川家を狙え〉
夜弦雅也　逆境〈大正警察 事件記録〉
夢枕　獏　大江戸釣客伝(上)(下)
夢枕　獏　大江戸《おおえど》火龍《かりゅう》改《あらため》
唯川　恵　雨　心　中
行成　薫　ヒーローの選択
行成　薫　バイバイ・バディ

行成　薫　スパイの妻
行成　薫　さよなら日和
柚月裕子　合理的にあり得ない〈上水流《かみづる》涼子《りょうこ》の解明〉
夕木春央　絞《こう》首《しゅ》商《しょう》會《かい》
夕木春央　サーカスから来た執達吏
夕木春央　方舟
吉村　昭　私の好きな悪い癖
吉村　昭　吉村昭の平家物語
吉村　昭　暁の旅人
吉村　昭　新装版 白い航跡(上)(下)
吉村　昭　新装版 海も暮れきる
吉村　昭　新装版 間宮林蔵
吉村　昭　新装版 赤い人
吉村　昭　新装版 落日の宴(上)(下)
吉村　昭　白い遠景
横尾忠則　言葉を離れる
与那原恵　わたぶんぶん〈わたしの「料理沖縄物語」〉
米原万里　ロシアは今日も荒れ模様
横山秀夫　半　落　ち

2024年9月13日現在